U0917650
FONGHONG

素媛

[韩] 苏在沉 著
李小晨 译

江苏凤凰文艺出版社
JIANGSU PHOENIX LITERATURE AND ART PUBLISHING

图书在版编目（CIP）数据

素媛 /（韩）苏在沅著；李小晨译 . — 南京：江苏凤凰文艺出版社，2014（2020.12重印）

ISBN 978-7-5399-7770-6

Ⅰ. ①素… Ⅱ. ①苏… ②李… Ⅲ. ①长篇小说—韩国–现代 Ⅳ. ①I312.645

中国版本图书馆CIP数据核字(2014)第228544号

江苏省版权局著作权合同登记：图字10—2014—340

素媛

［韩］苏在沅　著　　李小晨　译

责任编辑　孙金荣
特约编辑　姜宇佳
责任校对　孔智敏
出版统筹　孙小野
出版发行　江苏凤凰文艺出版社
　　　　　南京市中央路165号，邮编：210009
网　　址　http://www.jswenyi.com
印　　刷　三河市金元印装有限公司
开　　本　890毫米×1280毫米　1/32
印　　张　7.5
字　　数　125千字
版　　次　2014年11月第1版
印　　次　2020年12月第2次印刷
书　　号　ISBN 978-7-5399-7770-6
定　　价　38.00元

江苏凤凰文艺版图书凡印刷、装订错误，可向出版社调换，联系电话025-83280257

目录

소원

推荐词

娜英爸爸

这并不是别人的事情

而是我们自己的

摘掉排便袋之前，孩子几乎每晚都会做噩梦，而且是相同的噩梦。在梦中，怪物不停地追赶着她与其他小朋友。最后，虽然其他小朋友都逃过了一劫，但她却被怪物无情地抓走了。

有一天孩子问我：

“爸爸，那个坏叔叔被判了多少年？”

判刑，对她这个年纪的孩子来说还是一个很模糊的概念。但即便这样，她还是一直追问我关于那个人的消息。由此我清楚地认识到，孩子心中的恐惧其实并没有消散。

“他被判了 12 年，所以还要在监狱中待上十多年才能出来。”

“切！”

这是孩子对社会的不满？其实并不是，这是一种恐惧。

“不是还有 10 年？”

“总之在那之前我一定要强大起来。”

这种心情又是谁能了解的呢？是为人父为人母的我们所能了解的吗？孩子究竟是有多么恐惧，才会从现在起就开始担心那个人的出狱呢？

12 年，对其他人来说也许并没有什么，但对我的孩子娜英来说却是一段必须让自己强大到足以自保的炼狱时间。如果那个人能够被判得更长一些，是不是孩子的心理压力就会相应地减少一些？随着时间的流逝，孩子心中的恐惧又会不会愈发地强烈起来？比如 1 年后，孩子会不会焦虑地想到“只剩下 9 年了”？所以对于行凶者，比起“只剩下 9 年了”这样的从轻处理，是不是“还有好多年！”这样的从严量刑反而更合适一些？

“虽然爸爸很无能，但爸爸保证一定不会让同样的事情再次发生。

而且爸爸也会倾尽全力地阻止类似的事情在其他小朋友身上发生。”

我是一名平凡的父亲。这是我与孩子的约定。虽然我也曾想过诸如“如果时间可以倒退”这样的事情，但显然这并不可能。不论是我，还是我的孩子都十分清楚地知道这一点。

娜英受到了性侵犯。而且这一伤害始终在她的脑海中挥之不去。有一天她问我“什么是性侵犯”。从低年级小学生的嘴里竟然出现了“性侵犯”这样的词语，伤心的我强压下心中的愤怒与痛苦回答道：

“因为那个坏叔叔是男生，而你是女生。所以叫作性侵犯。”

我一直在思考应该如何回答这一问题，因为孩子终究会问到。虽然设想了无数次，但现实依旧使我感到很无力。

事后，娜英认识了一位刑警姐姐。娜英很喜欢这位姐姐，大概是因为刑警能够给她带来安全感吧。当然周边人给予的温暖也给了她很大的勇气。

然而除了温暖之外，仍然有很多令人感到愤慨的事情。由于孩子的精神状态一直没有好转，所以我找到了孩子的主治医师咨询，但主治医师却推卸说自己只负责诊断，并不负责治疗。

素 媛

“您是在给我的孩子进行治疗吗？”

“不是。”

“您竟然说不是？”

“我只是负责诊断，并不负责治疗。”

对于医生竟然把我的孩子作为临床观察对象的行为，我表示震惊。所以在那之后，我走访了很多其他医疗机构。因为我始终希望孩子能够过上正常人的生活。相信只要是父亲，都会像我这样做。

这其中除了私营机构外，还包括很多政府支援机构，然而这些机构的设立大多都只是为了自己的利益而已。我就这样每天奔走在各个城市努力搜寻着这些医疗机构，这令我感到实在可笑，因为这些以治疗为目的而设置的医疗机构，又有多少是真的在为病人进行治疗呢？治疗只不过是他们的招牌，而他们真正想要得到的不过是国家的补助而已。

所以每到一处都会受到这样的警告：我们会向国家申请治疗费用，所以你不能再去其他地方接受治疗，但真正的治疗两周才有一次。两周一次，就算是抑郁症还需要一周一次，而他们却说像我孩子这样的情况只需要两周一次，真是令人愤怒！

利用孩子、利用我们家庭的伤痛来填饱自己肚子的这些人，真是令人作呕！

最后我将孩子托付给了首尔向日葵儿童中心。在无数以权谋私的机构当中，这是唯一一家真正为了孩子着想的机构。之所以要将名字讲出来，是为了那些和我们经历一样痛苦的家庭们。

但这里也有问题。

因为向日葵儿童中心是保健福祉部和女性家庭部的下属机构，所以不是每个城市都设立了。我也是在走访了很多地方后才发现了这里。从我所住的城市到首尔，并不容易。即便是为了孩子，但距离确实也太远了。虽然大人没有问题，但是孩子呢？对孩子来说，就算一点距离他们都会觉得很遥远，何况像我孩子这样一天需要上数十次卫生间的情况。长时间的奔波不仅让孩子体力上吃不消，而且晕车问题也时有发生。如果是为了孩子们着想，那么是不是应该至少在每个城市都设立一处这样的机构呢？

此外，治疗性侵病人的指定医院也是少得可怜。在首尔也仅有一处而已，京畿道和其他地区也是如此。大概是因为受害者们不远万里去接受治疗也无妨吧，或者只是纸上谈兵，亦或者只是政府的面子工程？如果真的站在被害者的立场，不知道他们还能否提出这样幼稚的政策！

全诗 素媛

而我之所以会参与苏在沅作家的这部作品的理由只有一个。除了为与我有同样经历的人进行辩护之外，更希望类似的惨剧不要再发生，希望政府能够出台更有力的政策，加重这方面的刑罚。此外，我也希望能够为和我们有同样经历的受害者寻找到走出阴霾的突破口。

对我孩子施暴的那个人是个惯犯，而其他性侵者中也是惯犯居多。

他们的犯罪越来越计划周密。虽然不想再叹气我家孩子的事情，虽然就算死也不愿意再记起那件事，但是为了政府能够加强这方面的刑罚，即便要在伤口上撒盐，我还是要说出来。

就像我对孩子承诺的，不会再让其他小朋友也经历相同的事情。

我想要兑现我的诺言。所以我要说出来。

让性侵者受到更重的处罚。

孩子在重症病房醒来后头一句话就是：

“妈妈，在犯人逃跑前抓住他！”

孩子问也没问就着急地要告诉警察。即便警察告诉她可以以后慢慢说，但不论是睡着还是醒来孩子都无法忘记当时的画面，坚持要告诉大家当时发生的事，因为害怕这样的事情会再次发生。

不能入睡的孩子，即使困得睁不开眼也坚持要讲述当时情景的孩子，大家能想象到看到孩子这样，作为父亲的我是怎样的心情吗？

第二天警察拿来照片让孩子指认。孩子一下子就认出了那个家伙。

虽然大家都知道他就是犯罪嫌疑人，但却迟迟找不到证据，因为他没有留下指纹，最后好不容易才找到线索给他定了罪。

强奸犯，越是惯犯，手法就越是娴熟。其他犯罪也是一样，他们在出狱前都学习了很多法律知识，就像检察官和律师一样。所以现在犯罪率日益增长，但悬案却越来越多。

众所周知，终身监禁这一刑罚在很多国家都适用。但是韩国却对性犯罪特别宽待，所以他们才会无所畏惧地犯罪，并用纳税人的钱在监狱里舒服地过日子。我希望他们能够被社会永久地孤立起来。

我从来不和妻子一起看新闻。因为每每看到类似的事件报道她都会止不住地咒骂。

“那种人为什么还要给他饭吃，让他活下去？”

我也是如此。不明白国家为什么会让那些家伙太平地在监狱里度日。如果真的知道受害人父母的愤怒和憎恶，知道受害儿童的伤痛，那么还能这样让他们如此舒服吗？为什么在一个主张人权的社会，像我们这样的家庭的权利却被彻底无视了呢？

如果判死刑又会怎样呢？

我大概分析了一下他们的心理。虽然他们做出了禽兽才会做的事情，但他们却像其他人一样畏惧死亡。如果他们要面对的是死亡，那么他们还会那么容易地犯下罪行吗？虽然不能说是100%，但我敢肯定犯罪率一定会减少。当然相应受到伤害的孩子也会减少。所以为了孩子们，为了善良的国民们，为了所有生活在韩国的一个个家庭，国家是不是有必要进一步强化法律呢？

我很认同苏在沅作家所说的一段话：

> “孩子爸爸。虽然打架斗殴也可能无意间致人死亡，但强奸绝对没有偶然。所有的强奸都是有计划的，因为犯人有充分的时间。在他们寻找对象的过程中，在他们掳走受害人的过程中，在他们解开腰带的瞬间，在他们拉下裤子拉链的时候，他们都有充足的时间来做出判断。
>
> “酒后失控？那么醉酒驾车也算是失控了？就算酒后意

识稍微有些不受控制，但即便这样也不能够容忍。对于依赖酒精的这些人，不是更应该严加处置吗？”

对此我十分感同身受。我说过当这本书出版的时候，我一定会组织活动要求政府修改相关法律条文。我会一直支持苏在沅作家。

我要为所有有着相同痛苦经历的家庭呼吁。不论是怎样的父母，都会想要删除掉这些记忆，帮助孩子删除掉这些痛苦的记忆。但是这显然是不可能的。记忆永远都不会消失，它会伴随我们一生。所以方法只有一个：

“战胜它。如果不能忘记，那就想办法去战胜它。”

伤口愈合便会结痂，会留下伤疤。但是新的肉终究会长出来，和我有着相同经历的人们也会一样。伤疤、记忆留下了，就不会消失，所以我们要做的就是尽快接受它，并且寻找到战胜它的方法。

两年时间里，我与孩子一起战胜了很多东西。现在我有信心让孩子重新变得和其他小朋友一样幸福，大家也一定要努力去克服！

最后我要对大家说，请大家不要忽视。因为它随时都有可能发生在我们身边。

素　媛

希望大家一起严惩犯罪者，关爱受害人。因为唯有社会的关爱才能帮助受害人走出阴霾。

最后希望我们以爱心、关心、真心给那些肮脏的犯罪者予警示。

2010 年 8 月

第一章 · 记忆不会消失

如果有神存在，请永远地诅咒他。就算所有人都忘记了这件事，就算我死了，也请神不要忘记，一定记得惩罚他。素媛、素媛……

案件一审判决后，被告便进行了上诉。并由于最终被判定为酒后行为，而从20年的量刑减少到如今的12年。即便如此，那家伙竟然还嫌刑罚太重。

素媛[1]爸爸是后来才得知这一消息的。那之前不论是法官，还是其他人都没有告诉过他关于被告上诉的事情。看到新闻的那一刻，素媛爸爸充满了挫败感。他双手撕扯着头发，在自家的精品店内叫喊得撕心裂肺。

当时位于大学旁的精品店内正堆满了客人，大家都讶异地看着素媛爸爸。只见素媛爸爸气愤地将笔记本电脑摔得粉碎，曾经那个总是笑盈盈的店主，如今脸上却只写满了愤恨。

---

[1] 原著中主人公名为志允，李浚益导演根据此小说改编的电影中主人公名为素媛，更为人所知，故本中译本采用电影中的叫法。

从此以后，素媛爸爸便整日郁郁寡欢，对所有事情都充满了仇恨与蔑视。实际上素媛爸爸的表现也是可以理解的，为了素媛，他甚至可以付出自己的生命。

然而这件事过去了没多久，素媛爸爸便因打人事件被押送到了派出所。事情的经过是这样的：当时一名小女孩在素媛爸爸店前迷了路，一名路过的男学生便将其抱在腿上进行哄劝。然而看到这一幕的素媛爸爸却突然激动起来，一边高喊着“你这个猪狗不如的家伙”，一边痛打起这名男学生。小女孩随即大哭起来，并被素媛爸爸的暴力和可怖的样子吓得尿了裤子。然而素媛爸爸不但没有察觉到孩子的恐惧，反而越打越重，仿佛这名男学生就是残忍伤害素媛的那个人一样。

即使出动了警察，也依然没能马上阻止住他。警察的到来并没有使素媛爸爸立刻平静下来，直到素媛爸爸累得气喘吁吁，两名警员才成功地为他戴上手铐并将他押解到派出所。

最后素媛爸爸被从轻发落。因为就连被打的学生在了解到他的特殊情况后，也答应只收医疗费便可。然而不论是向被打的学生，还是向为自己辩护的警官，素媛爸爸都没有表现出任何感谢之情。

将笔记本电脑摔碎后，素媛爸爸厉声戾气地大喊道：“都给我出去，全部在我眼前消失！”那是一种比起愤怒更接近于绝望的声音。面对着这样的素媛爸爸，客人们都急忙无声地逃离了现场。

然而素媛爸爸却突然拿起收银台边的棒球棒冲了出去。前一秒小店一旁的音响里还在播放着音乐，后一秒却因为素媛爸爸的疯狂打砸而停了下来。过路的人们都不约而同地停下来观看这个像小丑一般的人。直到棒球棒被打折他才颓废地蹲在了地上，伴随着急促的喘气声，泪水不由自主地滚了下来。

“人怎么能做出这种事来，狗崽子。”

紧握双拳，就这样反复念叨着同一句话……

素媛爸爸疯了似的看着周围的人。他摇摇晃晃地走近他们，而大家都下意识地开始后退。一个女学生由于受惊过度没能及时反应过来，而此时素媛爸爸已经站到了她的面前。

“怎么能这样？怎么能！怎么能！”

就像在训斥偷东西的小孩。女学生害怕得浑身发抖，努力避开他的视线。但是他却一把抓住了女学生的肩。

“怎么能这样！人怎么能做出这样的事！我们到底做错了什么！为什么反而我们要逃避、要害怕、要愤怒！为什么我们要失去所有！

为什么那个家伙还能若无其事地告诉别人自己做了什么！”

一位看不过去的男学生与他打斗起来，随后另外几个学生也围了上来。他被学生们制服了，脸被压在地上，愤怒的泪水流个不停。

“如果有神存在，请永远地诅咒他。就算所有人都忘记了这件事，就算我死了，也请神不要忘记，一定记得惩罚他。素媛、素媛……”

今天，已经满脸醉意的素媛爸爸又提着满满一袋子的烧酒回到家中。

不知道努力了多少次，他才将钥匙勉强插入到门锁中。门厅的电灯散发着昏黄的光，不到30平方米的房间内，垃圾堆积如山。几天前煮的泡面如今还黏在锅底，不知何时，碗筷也已经堆满整个水池。没有整理的衣服左一件右一件地被扔得到处都是。然而，占据整个房间最大空间的并不是这些，而是空空的烧酒瓶。空瓶子一个个地倒在地上，发出令人作呕的气味。

素媛爸爸对这些显然不以为然，一脚踢开挡路的瓶子，便一屁股坐在了墙边。对面墙上的电视早被他打碎，碎片至今还散落在地上无人收拾。而他就这样对着电视一直发呆。

这就是他的居所，一间店铺旁边的一居室。原因是，素媛不允许他回家。孩子除了妈妈，不愿意接近其他任何人。素媛每当看到他都会惊起并尖叫，甚至浑身颤抖，有时还会用自残的方式来压抑心中的恐惧。

对于一个八岁的孩子，这些行为不能不称之为极端、怪异。

素媛爸爸和素媛妈妈看到孩子的行为，忧心忡忡。最后素媛妈妈不得已向素媛爸爸下了禁止令，禁止他接近素媛。自此，他被彻底从家中放逐。

搬到这间一居室已经5个多月了。除了素媛妈妈带素媛去精神科看病的两小时他会陪在医院外，剩下的时间他都是这样痛苦地度过。就像大家说的，这样已经是最好的选择。

回想过去的5个月，他几乎每天都在用烧酒麻痹自己。然而即便他那么努力地忘记，可怕的记忆却依旧挥之不去。不论是睁开眼睛，抑或闭上眼睛，这些记忆始终在折磨着他，唯有烧酒能够使他暂时丧失记忆。今天又毫无例外地记起来，关于那天的记忆，关于那些用死亡都不能泯灭的噩梦般的记忆……啊！究竟谁能忘记呢？发生在至亲至爱身上的伤痛，究竟谁能忘记呢？

素媛爸爸希望自己能够尽快摆脱这些痛苦的记忆，为此他不停地祈祷着，祈祷着。今天他依旧需要烧酒的帮助，来麻痹自己的神经。

但这样做多少也会带来一些副作用：在完全失去记忆之前，他又清晰地忆起了那天所发生的事。一定要快点醉，一定要快点忘记。他一杯接着一杯地喝着，伴随着永不干涸的眼泪。

两天过去了，孩子仍然没有找到。他与妻子为此整日不能合眼，每天出入派出所不下十次，甚至和妻子一起在派出所门前大声痛哭。他们给所有亲人朋友打去了求救电话，大家纷纷为寻找素媛奔走着。最初派出所也不以为然，但素媛一直没有出现，这让大家都有了不好的预感。警察们虽然倾尽全力，但始终没有找到素媛。

所有人都在疯狂地搜寻着线索。

稍长的警察将素媛看作自己的侄女，中年警察则将素媛看作自己的女儿，年轻的警察将素媛看作自己的妹妹，大家都与素媛爸爸和素媛妈妈一样，殷切盼望着孩子的出现，祈祷着素媛的平安。

大家一遍一遍地看着时间。已经是晚上十点钟了，时间过去得越久，大家的心就越急。所有人都在不停地寻找，派出所几乎全员出动，仅剩下一名警员留守阵地。

大家都只有一个念头。那就是快点，快点找到素媛。然而，即便大家如此竭尽所能，却还是没能找到。时间无情，过了凌晨，新的一天又如期到来。即便大家是那么希望时间静止，时针却还是残忍地划过了 12 点。

月明星稀，天气好得出奇，似乎完全不理会人们的心情。虽然眼睛已经布满了血丝，但却没有任何人要求下班或是休息，就连邻区的派出所警员也在凌晨过后加入到了寻找素媛的队伍中，7 辆警车逐条街道进行搜索。随着时间的流逝，大家不再保持沉默，而改为大声呼喊素媛的名字。然而直到天亮也没有收到任何回音。

一无所获的警员们带着沉痛的心情回到派出所。虽然没有咖啡的刺激，但警员们依然毫无睡意。最后中年警员还是选择拨通了警察局的电话。电话被接起后，他用低沉的嗓音说道：

“一名八岁的孩子……”

后面的话虽然到了嘴边，他却没有勇气继续下去。因为大家一直殷切盼望着，盼望着孩子只是迷了路，而不是失踪……所有人都垂下了头，一个一个地离开了电话旁，只剩下他一个人面对这一残酷的事实。

独自守在电话旁的他，嘴唇剧烈地颤抖。

“一名八岁的孩子失踪了。请求……请求支援。就现在，立刻。我再说一次，一名八岁的孩子失踪了，请求所有人的支援。”

电话对面并没有立刻回复。可能是由于事发突然，也可能是由于意识到事态严重。中年警察一直在反复请求着，最后他甚至崩溃地对对方大喊了起来。

“我要你们立刻过来支援！孩子不见了！孩子，只有八岁的孩子不见了！立刻！马上！不管是谁……求你们快点来。求你们……这可是八岁的孩子。还什么都不知道的孩子……迅速过来。求求你们了……快来支援。”

他握着话筒等待着对方的答复。只听对方深吸了一口气，声音悲痛而绝望。

“立刻……支援。孩子，会没事的。我们马上派人过去。现在就……”

中年警员久久不能放下话筒。因为对他来说，这是唯一的希望，相信对方也是一样。无须过多的语言，现在唯有互相依靠。

他向外望了一眼。从来没有觉得黎明是如此的绝望，头一次产生了想要逃出这里的念头，逃离这个平时只是用来教育醉鬼和闹事者的地方。

“已经是早晨了吗？”

中年警察自言自语着。

“是早晨了呢。太阳都已经出来了。孩子呢……孩子呢……孩子到底在哪呢……”

没有人回答他的问题。没过多久，换班的警员也来了。大家一得知情况，便纷纷冲出去寻找。呆愣地看着这一切的中年警员缓缓地放下了电话话筒。缓过神的他也和大家一样，飞一般地冲了出去，呼喊着，寻找着。

素媛爸爸走到了素媛常来的文具店。因为时间尚早，所以文具店还没有开门营业。但素媛爸爸已经无暇顾及这些，他反复敲着文具店的大门，喊着店主人。“谁啊？”店主人疑惑地打开店门。

“我是素媛的爸爸。素媛在这里吗？”面对素媛爸爸莫名其妙的询问，店主人一头雾水。但看到门外面素媛爸爸悲痛的样子，一切解释都不需要了。素媛爸爸递上了素媛的照片。很眼熟，应该是经常来的孩子。“啊！是不是每天背着粉红色书包的那个孩子？”“对，没错！”素媛爸爸情绪一下子激动起来。主人仔细回想着昨天的情况，但最后还是摇头说道：

“昨天好像并没有来过。对不起了。”

店主人边说边给素媛爸爸倒了一杯水。但素媛爸爸没有顾及主人的好意，一脸失望地转身离开了。

出了文具店，素媛爸爸又去了素媛平时上课的补习班。虽然昨天他已经来了不下十次。“素媛啊！”他边喊边寻找着。就连补习班的卫生间也一格一格地搜寻过，但还是没有找到。就这样找了又找，穿梭在上班的人群中，大声地呼喊着孩子的名字。人们只是短暂地侧目，却没有停下脚步。今天他又一次穿梭在小区中高喊着孩子的名字，然而匆匆忙忙路过的人们给予他的只有同情的一望而已。“您说的是素媛？”他是那么虔诚地祈祷着能够有人上前这样询问。虽然已经筋疲力尽，但素媛爸爸一直没有停下寻找的脚步，可以说完全是在靠意志坚持着。但即便如此，依旧还是没有人能够提供一点线索。

直到回到家门前的停车场，他才勉强恢复了过来。在这里，素媛妈妈也同他一样在奋力地寻找着。只见素媛妈妈边哭边碎碎念着“素媛啊……素媛啊……”就仿佛中邪了一般。看到这里，素媛爸爸大步走到她身边。

“至今还不知道孩子在哪，这像话吗！你在家都干什么了！”

素媛爸爸的质问声还回荡在空空的停车场内。但被抓住双手的素媛妈妈却好似没听到一样，依旧不顾一切地高喊着孩子的名字。

素媛爸爸第 17 次找到文具店的时候，电话响了起来。是素媛妈妈打来的。“找到了吗？”他一按下接听键，就急急忙忙问道。但电话另一边素媛妈妈只是“素媛……素媛……”地重复着，久久不能回答。“我问你找到了吗？到底怎么样了？”素媛爸爸心急如焚，二话不说开始向派出所跑去。电话那头的哭声始终未见停止，他也只是暗自祈祷着：

“只要活着。只要活着。不管怎样只要还活着。”

脚步越来越快，呼吸也越来越困难，泪水与迫切一涌而出。

“一定要活着，一定要活着，我们素媛一定要活着。”

无法名状的情感伴随着汗水与眼泪一起流淌下来。

“素媛啊，爸爸太……想你了！”

泣不成声的他终于跑到了派出所。万万没想到，素媛妈妈一看到他便晕了过去。而接下来犹如炼狱般的痛苦，就只能素媛爸爸一人来面对了。如果不是母爱的强大力量，她恐怕挺不到现在。他没有问“没事吧”，而是“找到了吗？”。

只见警察们低着头不作回答。

不得已，他又转头向 119 派来的急救员问道：

“找到了吗？”

急救员也只是选择默不作声地将素媛妈妈搬到了急救车上。

一股强大的无力感向他袭来。他已经想不了太多了，抓住一名警察的脖领便问：“我问你孩子还活着吗？到底怎样了？”然而被抓住脖领的警察却一句没有回答，只是红着眼眶站在那里。另一名警察上来制止。

“还活着，不过在医院。”

听到这里，素媛爸爸才如获大释般地放下了双手。

“在哪里？没有大事吧？虚脱，只是虚脱对不对？孩子有没有哪里不舒服？”

问题就像连珠炮一样袭来，但警察们依旧选择沉默。之前那个高喊着“只要孩子活着就好”的男人已经不在了。双腿无力的他一下子坐在地上，本能地抓起旁边警察的手。虽然对面的警察从未谋面，他却紧抓着对方，等待着答案。

“不是应该先去看看孩子吗？”

被抓住双手的警察这样说道。

“不，不是现在，我要和我太太一起去。”

然而没过多久，他便摇着头重新说道：

“不，您能和我一起吗？一起去看孩子？”

他的声音听起来是那么恳切。

“求您了,求您,求您一定要和我一起去。我自己真的是没有勇气。求求您了，和我一起去吧，求求您了……”

此刻的他哭得像个孩子一样，旁边的人也为之落泪。他疯了似的紧握着警察的手,而被握住双手的警察,也与他一样开始颤抖起来。

大家都明白素媛爸爸即将要面对的，是一种足以令人战栗，甚至停止心跳的恐惧。因此大伙都不由自主地回过了头，因为实在没有勇气继续目睹这样悲惨的场面。不知何时 一名法医走了过来。

他将手放在已经泪流满面的素媛爸爸的肩上。一手帮素媛爸爸拭去眼泪，一手给予他力量。也许是受到了这名年轻法医的鼓励，大家也纷纷来到素媛爸爸的身边，或轻拍着素媛爸爸的肩膀，或轻抚着他的后背。究竟要如何表达这种感受呢？恐怕任何词语都不足以形容，因为这要比对临终之人的安慰更难以启齿。安慰，但更接近于感同身受,因此可以说是备受煎熬。警察们围在素媛爸爸的左右，就好像努力地用温暖来包裹素媛爸爸受伤的内心一样。相信这是一种即使地球消失、人类消失，也会残留下来的感觉。

但是，悲伤并没有因此而逝去，撕心裂肺的痛还在继续。那个人的欲望让所有人的善良与美好都成了无用之物。最美好的、最珍贵的、能够给所有人带来欢乐的天使，没有一丝贪婪、洁白无瑕的、比天使更纯洁的……孩子，就是被那个人，残忍地、可耻地毁掉了。

所有人都在心中默念：

“如果神真的存在，请不要宽恕他。如果神真的存在，请千万不要宽恕他。”

可如果神真的存在，难道还会继续说出像“神爱众人”这样的话吗？

如今素媛躺在重症病房里，还没有恢复意识。虽然想要尽量表现出家长应有的那份镇定与坚韧，但离孩子愈近，素媛爸爸就愈是崩溃，不论是身体，抑或是精神。

其实，来医院的途中他已经从警察尽量委婉的话里大致了解到了事情的始末。面对如此之大的打击，他痛苦地睁着眼睛，心跳也不知停止了多少次。

“我们是通过查看闭路电视找到线索的。昨天一个男性嫌疑人带走了孩子。今天我们在一间一居室内找到了孩子，而这间一居室就在监控范围外的不远处。现在我们已经将孩子送去了医院，虽然生命暂时没有危险，但还需要进行手术。具体的情况恐怕您还要请教医生。”

最后，他还是把告知具体实情的重任推给了医生。而除此之外他所能做的便是在素媛爸爸颤抖的时候，陪在他身边，用力握紧他的手，即便汗水打湿了掌心也不松开。

素媛微张着小嘴，睡得香甜。小天使睡觉的时候大概也就是这个样子吧？想当初素媛的门牙还是爸爸给拔掉的。为了让素媛答应拔牙，两人说好要去买玩具。当时，素媛还疼得大哭了一场。

就是这么胆小的一个孩子，一个一定要开着灯才能安然入睡的孩子，一个每周几乎都要有三四天半夜惊醒的孩子，一个下雨天绝不会独自睡去的孩子，一个就算房间旁边有洗手间，也一定要妈妈陪着上厕所的孩子。

那样的一个孩子现在正孤独地、沉沉地睡着。素媛的睡颜是上天创造的最大的美好，天使的面庞恐怕也不会比这更美好了。

素媛怕医院，更怕打针。以前一听说要去医院，她就会搂着爸爸妈妈不放手。然而这样胆小的素媛，如今却不得不24小时打着点滴。

但就算插着可怕的、尖尖的针头，素媛却依旧沉沉地睡着不愿醒来。

素媛爸爸紧紧握着警察的手。此时，警察们正默默地流着眼泪。看到此情此景，大家都无法控制住那种悲恸的情绪。然而出乎意料的是素媛爸爸并没有哭。

但当看到他嘴唇渗出的血滴时大家才恍然大悟。他不是不痛苦，只是作为父亲他不能倒下,也不能接受这一事实。他不愿相信这一切，所以才如此隐忍。流泪只是懦弱的表现,所以他要咬紧牙关催眠自己，告诉自己这一切都不是真的。而警察们又何尝不是这样想的呢？

大家都知道素媛是多么胆小的一个孩子。因为直到昨天，素媛爸爸还一直向大家强调这一点。而如今看到素媛就这样躺在病床上，他的一切信念都倒下了。

孩子是有多么恐惧，才能这样不愿醒来呢？事实又是有多么可怖，才使孩子宁愿睡去也不愿醒来呢？而又到底发生了什么，才使孩子这样乖乖地躺在可怕的医院里呢？

素媛爸爸颤抖地抚摸着孩子的脸庞。仿佛只有这样他才能够确认孩子还活着，只有感受到孩子的体温，才能安心。他想要用力抱紧素媛，为她抹去眼角的泪痕。然而，最终他还是忍住了。因为害怕素媛醒来,害怕看到素媛望着他的样子。他不知道要如何面对孩子,更不知道要对孩子说些什么。身为父母，却不敢上前抱一抱自己的孩子，还有比这更令人痛苦的事情吗？此时此刻素媛爸爸能做的只有握紧双手，忍耐再忍耐。用超越常人的耐性和理智，忍耐下去。

那个人残忍地将一位父亲对孩子表达爱意的权利都剥夺了。

医生来了，而素媛爸爸却依旧紧紧握着警察的手。他们没有因为彼此的不熟知而感到尴尬，反而庆幸彼此能够给予对方安慰以及力量。

虽然思想斗争了很久，但素媛爸爸还是没能轻易问出口。因为尽管理性上大致猜测到了事情的始末，但感性上依旧很难接受。他害怕医生一旦开口，就会使自己的所有期望落空，哪怕是一丁点儿的希望也不留。

医生也是如此。30多年来，虽然不知道向患者家属发出了多少次死亡通知，但他却没有因此感到过内疚。因为在他看来，所有的患者，以及他们的监护人都有权利知道事实的真相，并由此认知到生命的可贵，从而更加努力地度过余生。

但这次却非比寻常。什么生命的可贵，什么了解事实的权利，统统不需要。他只想要编织一个美丽的谎言，告诉孩子的父亲："没事，孩子没有任何事，只是精神上受了一点惊吓。"嗯，就像这样。

他有生以来第一次感到了歉意，甚至是罪恶感。他是多么怨恨上天让这种事发生在自己身边。此刻狭小的办公室内冷气逼人，他望着素媛爸爸与警察紧握的双手，更加无法开口。在他看来，警察的手对素媛爸爸来讲无疑就是唯一的救命稻草。

眼镜因频频冒出的冷汗而从鼻梁上滑了下来，但他不敢大肆地去扶。他望着警察，希望对方能够伸出援手。但警察低下了头，仿佛在说不要让我来讲。沉默一直在持续，最后素媛爸爸咬紧着嘴唇，鼓起勇气问道：

"要做怎样的手术？手术大吗？"

究竟要如何回答才好，恐怕只有小说家或诗人才能找到一些相对委婉的回答方式吧。因为无论怎样回答，对素媛爸爸来说都只是伤害而已。

医生为此酝酿了很久。虽然一再下定决心，但始终未能说出口。办公室里安静得可怕，只剩下钟表滴嗒滴嗒走动的声音。在数十次的思想斗争之后，医生颤抖地回答道：

"局部损伤和肛门损伤十分严重。我们今天会为她进行手术。手术之后恐怕要靠人工肛门来维持正常生活。但目前来看这已经是最优的解决方案。”

回答十分简短。虽然医生还想告诉素媛爸爸“儿童性侵很容易造成脏器损伤”，但还是放弃了。因为在医生看来，说出这样残忍的话仿佛也是一种犯罪，甚至比手术中告知家属患者死亡更加恶劣。

最终，素媛爸爸一直咬牙忍住的泪水还是决堤了，他不得不接受这一残忍的现实。虽然一直以来都不想承认，但现在只能接受。素媛爸爸的内心就仿佛一艘航行在暴风雨中的小船，是那么的飘摇无助。尽管现实不得不接受，但素媛爸爸却不能做到原谅。原谅，太过沉重。他只想诅咒，诅咒自己，憎恶自己。

就在哭得几乎快要晕厥过去的时候，他发出了无比痛苦的呻吟。

“干脆死了算了，死了也就能忘得一干二净了。如今这样要孩子怎么活下去？太残忍了！真是太残忍了！如果真的有神存在……就不会这样放任不管。如果真的有神存在，那一定会把我们素媛带走过上幸福的生活吧。我再也不信神的存在了，我要诅咒。真的，还不如就让我们大人知道，还不如就让我们大人痛苦。神……你太可恶了！”

素媛爸爸抓住警察的手更用力了，是一种和之前完全不一样的力度。他一边擦拭着眼泪，一边凶狠地瞪着警察。

“我说，你们一定不要抓他。让我来，让我把他撕碎，撕得粉碎。如果你们知道他在哪，一定不要去抓他，因为我不确定自己能在他服刑期间咽下这口气。我要杀了他，用最残忍的方法……”

警察紧紧地抱住了他，因为警察知道再凶狠的眼神也只不过是一种伪装而已。这……只是他出于悲痛而进行的自我防御。

随后，医生也走过来抱住了他。无须多言，因为大家都知道，现在不论怎样的安慰都不能真正安慰到他。只有静静的拥抱才是最大的慰藉，这也是为人父为人母的一种本能。

素媛妈妈用充满爱意的眼神望着睡梦中的孩子。低头看表，不知不觉已是凌晨 3 点。整栋楼里静得出奇。素媛妈妈已经连续 5 个月的晚上没有休息过了，因为只要睡着，便会感觉不安。自从事情发生了以后，素媛妈妈便一直这样守在素媛旁边。只有到了白天，才能勉强在药物的帮助下睡上 3 个小时。她还要求素媛在自己睡着的时候一定要紧紧握住自己的手，因为她只要稍微感觉不到孩子的存在便会惊醒。就这样，素媛妈妈满怀愤怒与不安地在素媛床边度过了一夜又一夜。

素媛肚脐上安装的便袋又满了。每当这时，素媛妈妈都心如刀割。不仅如此，还有更多的烦恼和痛苦正折磨着她。

每天她要为素媛更换两次便袋。她十分担心，如果便袋摘不掉，素媛是不是就一直忘不掉那个人。到了青春期，是不是又会患上抑郁症，甚至想到自杀。

在素媛面前，她一直努力表现出开朗的样子。给素媛买玩偶，读精神科医生推荐的读物。只要是素媛想要的，就无条件满足。

素媛大概也感受到了她的努力，不但爱笑了，而且在妈妈的陪同下也敢外出了。素媛的改变让她又重新燃起了希望，期待着一切能够恢复如初。

然而就在某一天，素媛妈妈的期待还是破灭了。素媛在玩人偶的时候，不但将男人偶扔在了一边，而且眼中明显充满着恐惧。这使她陷入了绝望，不知所措地全身战栗。

不知是出于对素媛的心疼，还是出于对未来的恐惧，素媛妈妈的眼泪完全不受控制。但她不想在素媛面前落泪，紧握着双拳强忍着不让泪水决堤。

“素媛啊，不能扔啊。这可是帅气的王子哦。”她努力控制着自己的声音，希望尽量表现得温柔与淡定。但素媛却毫无反应。

“素媛啊，玩偶没有意思，我们去吃好吃的吧？吃些什么呢？对了，我们去吃素媛最喜欢的比萨吧？”然而面对她的反复追问，素媛却没有反应，只是一动不动地瞪着那个人偶。

看不下去的她一下子将素媛抱离了那里。之后为了分散素媛的注意力，她伴着儿歌跳舞，甚至模仿笑星。30分钟过去了，汗流浃背的素媛妈妈已无计可施。现在对她来说，身体上的疲惫已经不算什么，素媛才是她最大的心病。

“妈妈，我们去吃比萨吧。我饿了。”

当素媛说出这句话，她悬着的半颗心才算落地。

今天她依旧拖着疲惫的身体守护在素媛身边。家中的网线与电视信号已经被她全部掐断，只剩下了儿童台。因为她是那么害怕看电视、看新闻。

她深情地望着自己的孩子，抚摸着孩子的脸颊。软嫩嫩的皮肤、圆圆的眼睛与漂亮的小嘴。那个可恶肮脏的家伙居然会来伤害这么美好的孩子，伤害自己视如珍宝的孩子。就因为他一个人该死的欲求，孩子便失去了纯真。

那个人在对素媛施暴后的第四天被警察逮捕归案。既没有家也没有任何归宿的他在犯罪现场的周围被警察发现。逮捕过程中还有一名警察因为他的抵抗而无辜受伤。然而即便被逮捕，那个可恶的家伙也依旧没有表现出丝毫的认错态度，甚至还理直气壮地称自己并没有强迫素媛。拘留期间，他居然还引以为豪地将自己的罪行讲给其他犯人。犯人们听后无一不取笑他，但也有觉得新奇的。看到关于这些内容的报道，素媛妈妈二话不说就冲进了厨房。她挑选了一把最为锋利的刀具，紧接着就向拘押犯人的警察局奔去。虽然警卫们曾试图拦下她，但母爱的力量使他们根本无法阻挡。最终她挥着刀，冲进了警察局，并举着刀在警局的走廊内大喊着："那些浑蛋都在哪里？我要砍掉他们的耳朵！你们把他们关在哪里？"

所有人的视线都向她投来。而手持刀具的她正气得浑身发抖。

然而没有人上前去劝阻她。因为大家都能够理解她此刻的心情。最后是一名警员走上去安抚住了素媛妈妈。

看到此情此景的警队队长，再也无法压抑住心中的怒火。他不顾其他警员的阻拦，冲进牢房。当他冲进去的时候，犯罪嫌疑人正在心安理得地睡大觉。这让警队队长再也看不下去，上去就是一脚。"啊！"只见犯罪嫌疑人捂着腹部发出一声惨叫。但队长才不管这些，上去就给嫌疑人戴上了手铐。

“你这个狗崽子！居然还能睡着？”

不解气的队长一脚接着一脚，就像踢球一般地踢打着那家伙，边踢还边抓着那家伙的脖领，因为要防止嫌疑人逃跑。他将牢房的门紧锁着，一直踢到自己再也喘不过气来为止。暴力，虽然暴力，但这里面却藏着善良。所以根本没有人上来阻止他，包括警队中的其他警察。队长双手撑在大腿上，大口大口地喘着粗气。

“狗崽子，你知道吗？人家一家人因为你到底失去了多少，你知道吗？狗崽子！”

说着说着气不过的队长又抬起腿猛踢起嫌疑人的脸来。

“哼！对你来说根本不需要法律，因为你根本就不算是个人！一副人模人样，却干着禽兽的事。所以就算打你，虐待你，甚至杀了你都不算犯法，因为你就是禽兽。因为你是个禽兽，所以我才打你。虽然不需要做什么解释，但今天我还是要告诉你。第一，你剥夺了人家一家人团聚的基本权利；第二，你让一个孩子失去了对白马王子的幻想；第三，你一生都愧对“父母”两个字；第四，你剥夺了一个八岁孩子笑的权利、爱的权利、感受美好的权利。”

队长说着说着停了下来。只见他用袖口在脸上胡乱擦着，不知是在擦汗，还是在擦泪。听到动静跑来的警察们也与队长做着同样的动作。时间仿佛静止了一般，只看到队长的嘴在动。

“最后，就因为你那丑恶的本能，你玷污了这世界上最不可侵犯的东西。那是就算如何饥渴也不能碰的，因为一旦触碰就会留下抹不去的痕迹。你没有资格得到原谅，就算死也无法赎罪。要是有人向你吐口水，或是打你，你也绝对不能反抗，因为你就是个禽兽。”

紧接着队长从裤子上抽出皮带。开始用系着皮带扣的一端用力抽打着嫌疑人。人们开始听到痛苦的叫喊声。

“你也知道什么叫痛吗？那么那个孩子的痛又叫什么？你不是很享受那种感觉吗？原来你也知道痛很难忍受啊？”

队长依旧用力挥舞着皮带，丝毫没有因为他的叫喊而停下来的意思。他要给那个家伙也留下无法抹去的痕迹。叫喊声持续了很长时间，然而就算那个家伙浑身瘀青，叫得嗓子都哑了，队长也不会停下来。他觉得这样的暴力对犯罪嫌疑人来说绝对是罪有应得，不，不仅是队长，还有周围所有人，大家都认为现在队长的所作所为代表着正义，是真正的惩恶扬善。

最后直到皮带扣都掉了下来，队长才算停止了抽打。然而他就那样瘫坐在地板上瞪着嫌疑人。

“哼，痛吗？我比你还痛！我为那个孩子感到痛！你觉得孩子的家人，不，你觉得那个孩子是什么感觉？不要觉得痛，你不配痛！从现在起不管是生是死，你都要一直这样内疚下去。但是就算你像现在一样痛也不会得到原谅。不，不是痛，是自作自受！”

话毕队长从裤袋里掏出手机。他用手机将嫌疑人现在的样子一一拍了下来。然后看着挣扎的嫌疑人冷冷地说道：

“不论是有神出现的故事，还是有恶魔出现的故事，都没有关于残害孩子的内容。知道为什么？因为连恶魔都不会做出这种事来。所以说就连恶魔也不会原谅你，不管是天堂，还是地狱都不会收留你。”

说完队长便一摇一晃地走出了牢房。一位警察为他递上了毛巾。队长一边擦着泪水与汗水，一边向办公室走去。此时素媛妈妈的哭声还在走廊中回响。队长一到办公室便将自己的手机递给了素媛妈妈。

“不要脏了您的手，我帮您来。我也有孩子，有两个女儿。对不起，没有能够阻止事情的发生。”

他跪在她的面前，而她就这样扯着他的衣服哭喊着：“怎么能这样呢？作为人怎么能做出这样的事来呢？”队长没有任何动作，只是低着头，任由素媛妈妈拉扯着自己。

“怎么能这样，怎么能做出这么残忍的事？做出这种事怎么还能睡得着，吃得下呢？”

“对不起……实在对不起。我们一定会严惩他。对不起，我也有女儿，我很理解您的心情。但我能说的，恐怕只有对不起……”

素媛妈妈与队长一起流着泪，谁也没有说话。此处无须多言，只要是个人，只要你有家人，都会为之落泪。只要作为父母，作为也有儿女的父母……

出于人权保护的原因，那个家伙最终还是被送去了医院。不过在几个小时之后，队长就成为记者们追击的目标，并因此受到了严厉的惩罚。然而那个家伙却安然地躺在医院，成了无辜的受害者，编着谎言。

就在素媛妈妈大闹警局的几天后，又一个沉重的打击从天而降——网上居然出现了支持那个家伙的团体。听到这一消息的素媛妈妈重新插上了家中的网线。电脑重启的时间对她来说显得格外漫长。她愤怒地点入了那个网站，留言板上的文字让她震惊不已。

她恨不得用最残忍的方式杀死那些人。如果自己死了就能够诅咒那些人，那么素媛妈妈宁愿现在就去死。

像话吗？居然去拥护一个犯下如此罪行的家伙！拥护他的这些

人，真的精神正常吗？只要不是潜在的性侵者，怎么能写下这么肮脏的文字！但她不能发火，她不愿让素媛看到自己发火的样子。

“妈妈！”是素媛的声音。就在眼泪就要夺眶而出的时候，她听到素媛的声音，赶忙擦掉眼泪露出笑容。

二审的这天，犯罪嫌疑人提出从轻处理的请求。他表示自己已经悔过，请求法官轻判？素媛妈妈真是要被他气晕过去了。是谁那样对我的女儿，是谁那样得意扬扬地向其他犯人讲述自己的罪行，居然说知道悔改，请求轻判？做出这么残忍的事居然还敢说自己悔改了，想要继续活下去？一辈子，不，就算死了之后只剩下灵魂，也绝不会被宽恕。没想到犯下如此罪行，居然还能说出这种话？

他的罪行以死都不足以抵偿，又怎敢说出这样的话？

法庭上嫌疑人说是因为喝了酒，失去了判断力，才做出了这样的行为，所以一切都是意外。

意外？真的是意外吗？如果真是意外，又怎么会在犯下罪行之后还天天在犯罪现场周围徘徊呢？将素媛拖到犯罪现场的这段时间难道不足以清醒过来吗？拉下裤子拉链的瞬间难道不足以找回判断能力吗？

性侵犯绝不会是意外，绝不会是偶然。因为性侵犯一定是犯罪分子故意为之。

犯罪嫌疑人可笑的自我辩解又给素媛妈妈造成了巨大的伤害。

对受害者而言，煎熬是永远的，无法用数字衡量的。但对犯罪者来讲惩罚确是有限的，短暂的。

那个家伙知道吗？

知道什么叫捧在手里怕掉了，含在嘴里怕化了吗？

那个家伙知道吗？

素媛的腿上打了足足一个月的石膏。作为父母，宁愿自己瘸腿一辈子，也不会愿意让孩子受这样的罪。

那个家伙知道吗？

即使孩子开玩笑地说自己要嫁人，父母都会感觉不舍。

那个家伙知道吗？

家长甚至不敢用力地抱紧孩子，因为怕孩子会不能呼吸，所以一直都是默默等待着孩子长大，等着孩子长到比自己还高。

那个家伙知道吗？

为了想要听到孩子喊一声妈妈，在孩子还没长牙的时候，妈妈就会反复地教孩子。而第一次听到孩子喊妈妈，妈妈不但会在本子上记录下来，更会牢牢地记在心里。

那个家伙真的知道吗？

知道家长那种因为不愿孩子离开自己怀抱而期盼孩子慢慢长大的心情吗？

对于那个夺走这所有幸福和希望的家伙，显然这样的刑罚太轻太轻了。

素媛妈妈读完判决书，就瘫倒在素媛爸爸身上。对于如此短的判期，实在不能接受。不，对那个以死都无法谢罪的家伙来说，让他活下来都天理不容。

那个家伙……知道吗？法官知道吗？ 对将一生幸福都寄托在素媛身上的素媛爸妈来说，他们送的这份大礼，简直堪称绝望。

素媛妈妈毫无意识地望了一眼时间，已经快 4 点了。她蜷坐在病床边，痴痴地守着素媛。她怨恨这个世界，怨恨毁掉自己家庭的这个无情的世界。

究竟她有什么罪？难道努力生活也是罪吗？难道疼爱自己的孩子也是罪吗？想要一个和睦幸福的家庭难道也算是妄想吗？

一个时常会去做义工的人，一个懂得分享的人，她给别人带去过伤害吗？素媛妈妈实在不明白自己究竟犯下了什么错才会得到这样的惩罚。越想越悲愤，悲愤地手脚战栗。她想要问问所有人，究竟自己做了什么必须要承受这样的痛苦……

但她只能忍受，必须忍受，因为她清楚不管说什么，事情都已经无法挽回了。所以只要能够将那个人从素媛的记忆中删除，就算疯了一般怨恨这个世界，疯了一般地憎恶那个家伙，她也愿意忍受。

为了压抑住心中的怒火，她总是望着沉沉睡去的素媛，紧紧握着素媛的手，反复念着："我爱你，我爱你。"并轻轻地在孩子的手上印下一吻。对她来说，这就仿佛是一种赎罪的仪式，以此来请求原谅，请求孩子原谅自己的无能为力。

今天就在她吻着素媛手背的时候，电话响了起来。怕吵醒素媛，她赶紧拿起手机跑出了病房。但又怕素媛一个人会害怕，关门的时候她特意留了一点缝隙，以便于从门外观察门内的情况。电话是素媛爸爸打来的。"什么事？"素媛妈妈接起电话不耐烦地问。

"我在门厅前面，开门。"

素媛妈妈大吃一惊。没想到素媛爸爸此刻正站在走廊中间门的外面。素媛妈妈就像见了什么危险人物一般迅速地关上了素媛房间的门。

“你怎么来了？要是素媛看见了可怎么办？”

“我只是想看看孩子，哪怕是睡着的样子。”

“你疯了吗？不行。要是孩子突然醒了看到你怎么办？绝对不行。”

“那至少让我听听孩子呼吸的声音。求你了，求你。我绝不会打开房门的，我太想素媛了。求你……”

素媛妈妈还是十分犹豫。但出于对素媛爸爸的内疚，她还是答应道：

“但是绝对不能进去。”

最后她总算是勉强同意了素媛爸爸的请求。素媛爸爸迫不及待地快速按下了中间门的密码。他脱掉鞋子趴在素媛房门前的窗户边。但素媛妈妈还是放不下心，所以一直守在房门前。浑身都是酒气的素媛爸爸用手扒着房门，小心翼翼地向里面探望着，而眼泪就这样不知不觉地掉了下来。他捂着嘴怕自己哭出声响，他用细小的、谁也听不到的声音自言自语着：

“素媛啊，爸爸来了，爸爸太想你了。爸爸会保护你，孩子，爸爸会保护你，看看爸爸吧……”

凌晨时分，素媛爸爸和素媛妈妈坐在小区的公园里。素媛妈妈就那样呆呆地望着素媛爸爸，仿佛有话要说。然而最先开口的还是素媛爸爸。

“我们……离婚吧。”

听到这些，素媛妈妈什么也没有说，就连表情也没有任何变化。

“我实在忍受不了了。你放着孩子不管却和别人聊天，这是我绝对不能原谅的。我们离婚吧。”

素媛妈妈比想象中还要坚强。面对素媛爸爸的离婚请求，她心中所想的依旧只有素媛。既然现在的婚姻对素媛没有任何帮助，那还不如自己来抚养孩子。但这不过只是一时的想法，因为她很害怕素媛会因此自责，认为爸妈离婚完全是因为自己。看到素媛妈妈没有回答的意思，素媛爸爸又接着说道：

“我们回不去了，现在的日子简直就像地狱。如果我们一直在一起，就永远不会忘记。为了素媛、为了我，离婚吧。生活费你不用担心，我一定不会少给。而且我不会再婚，也不会有其他孩子。如果素媛恢复一点了，时而送来给我看看就好。我们……还是离婚吧。”

听完，素媛妈妈默默地站了起来向家走去。而素媛爸爸丝毫没有挽留。

爱，因为爱所以结婚，因为爱所以生下了素媛，也是因为爱才会克服种种困难，相依相伴到现在。如果不是那个人的出现，恐怕他们还会一直相爱下去，直到百年。但是现在……剩下的只有憎恶、怨恨和厌烦。一想到如果她当时能陪在孩子身边，素媛爸爸就……

什么都回不去了。不论怎样做都不会像原来那样幸福了，现在留给素媛爸爸的只有绝望而已。

第二章 · 或逃避，或放任，或迎难直上

我们会去面对，去争取。我们要让别人看到就凭那样一个肮脏的人根本毁灭不掉我们的家庭。我们，是绝对不会放弃的。

人生有三条路。或逃避，或放任，或迎难直上。

素媛妈妈突然想到了电影《欢喜城》中的这句台词。什么时候看的电影呢？具体时间已经记不清了，只记得是和素媛爸爸一起看的。当时素媛爸爸曾对素媛妈妈说过:“或逃避，或放任，或迎难直上，如果能和你在一起，那么我一定会选择迎难直上。”

这算是表白吗？总之，自那之后两人的感情便更近了一步。这并不是甜言蜜语而已，在随后的日子里，素媛爸爸一直都在用行动实践着这句话。从小小的街边文具店，历经3年时间发展到现在的文具城。不论遇到什么事情，素媛爸爸都是勇敢地迎难直上。

也正因为如此，他们才在5年时间里就从不到60平方米的出租房搬到了如今100多平方米的公寓。这些显然都是素媛爸爸的功劳。对素媛爸爸来说，从来不知畏惧是什么。就算某些事情看似不可能，他也会想尽办法将其变成可能。所以对素媛妈妈来讲，素媛爸爸一直都是最值得信赖的人。他们一起携手创建了幸福的家庭。当素媛爸爸在为家庭打拼的时候，素媛妈妈就在旁边默默地为他擦去汗水。所以他们从来没有想过这个家也会有崩塌的一天。

是不是围墙建得再坚固一点，那个家伙就不会有机可乘，就不会将这个幸福的家庭弄得一塌糊涂了？但一切已经晚了，如此幸福的家庭最后还是破裂了。不论是素媛爸爸还是素媛妈妈此刻都没有力气再继续下去。面对一片狼藉的家，在一起也不过是不断地互相责备而已。

那天素媛爸爸离开后，素媛妈妈便辗转反侧久久不能入眠。她一直在努力地整理思绪，思索着重拾幸福的方法。因为如果继续这样下去，幸福绝不会再次造访。

头痛欲裂，再加上失眠焦虑，现在素媛妈妈的大脑已经严重超出了负荷。

那个家伙残忍地破坏了这个安静的家庭，甚至将爱变为了恨。

素媛爸爸也没有好到哪里去，他已经昏睡了一整天。要不是因为口渴与疼痛的关系，恐怕现在也不会醒。如果是以前，素媛爸爸睡醒后发现晚了，一定会马上穿上衣服去上班。不，他几乎没有睡到现在这个时间的时候。就算是身体疲惫赖一会儿床，他也会因为餐厅飘来的饭香味而精神抖擞。自从素媛出生后，他更是将先一步起床凝视孩子的睡颜当成了人生最大的乐趣。每每看到他们的爱情结晶睡得香甜，他就会感到无与伦比的幸福、无与伦比的欣慰，以及拥有不可言状的力量。但是现在他再也感受不到这些了，有的只是无尽的怨恨与悔意。每天他都活在自责中，他不停地反问自己为什么要和素媛妈妈一起生下素媛。自从他们的爱情结晶被那个可恶的家伙玷污后，对他来说每一分每一秒都是煎熬。如今再也没有人为他做早饭了，房间里更是除了烟味便是酒味。一家人围坐在饭桌前其乐融融就餐的景象就如同一场噩梦，而凝视孩子睡颜的乐趣也成了无法抹去的痛。

他呆呆地望着天花板，宿醉让他头痛欲裂。回想起昨天所说的话，虽然是有酒精作用的成分在里面，但他并不感到后悔。因为如果不是借着酒劲，恐怕他很难如此明确地表明自己的立场。

素　媛

起床后，点燃一根烟，白色的烟圈在空中飘散开来。素媛爸爸望着天花板回想着素媛出事前的生活，想着想着便不自觉地笑了起来。随后他又想起了更早以前的日子。比如，向素媛妈妈告白的那一天，如今记忆还是那般清晰。

1993 年电影《欢喜城》上映，当时他约素媛妈妈一起去看。这是一部十分温馨的电影。电影中有两位男主人公，一位是饱经生活困苦的哈萨里，另外一位是白人医生麦克斯。

哈萨里出生在印度，家境拮据。常年的干旱使得他不得不带着家人背井离乡来到大城市打拼，但到了城市后，他连所剩无几的最后一点钱也被骗光了。所以他不得不靠拉车维持生活。另一位主人公麦克斯在父亲的逼迫下成为医生，但一次手术的失败让他彻底失去了信心，发誓再也不行医的他决定到东方寻找启迪。在这个过程中，他偶然在贫民区遇到了哈萨里。不论是背负家庭重任的哈萨里，还是苦苦寻找生活意义的麦克斯都带给了人们许多感动。这部电影告诉我们不论怎样都一定要对生活充满希望。

电影中有这样一段对话。哈萨里问麦克斯：“生活为什么这么累？”麦克斯回答他：“恰恰是因为这样才会感觉到更大的快乐，不是吗？”

“为了生计、为了寻找生活的意义，还真是这样呢？想当初，我似乎也是出于同样的理由而苦苦支撑着。但是，如果他们也和我一样经历了相同的事情，还能否像电影中一样对生活充满着希望吗？大概，也会像我一样绝望吧。真想逃离这里。因为不论是放任不管，还是勇敢面对，我都没有足够的自信。真想就这样逃得远远的。”

素媛妈妈站在医院门前等待着素媛爸爸的出现。今天带素媛来医院之前，她给他发了一条信息。因为素媛进行心理治疗这段时间，是她唯一可以放心离开素媛的时间。经历了昨天的事情，她认为两个人需要好好地谈一谈。5个月没有联系了，相信大家都各有苦衷。

离婚……没想到几个月后的再联系，居然说的只有放弃。

30分钟时间里，素媛妈妈反复看着时间。终于，电话响了起来。接到电话后，素媛妈妈便快步向停车场外走去。她以为素媛爸爸会自己开车过来，但没想到是打车过来的。而闻到素媛爸爸的一身酒气后，她便了然了。

他们尴尬地并肩走着。一到医院的休息室，素媛妈妈就马上质问起来：

“昨天走后你又去喝酒了？”

“素媛呢？”

见素媛爸爸丝毫没有回答问题的意思，反而问起了素媛的消息，为了防止素媛爸爸胡思乱想，她马上回答道：

“在和民昭医生进行心理辅导。你要喝点什么吗？”

“不用了，为什么约我见面？”

素媛爸爸说话的语气十分不客气。不论是谁，都能听出来话中满满的憎恶和厌烦。素媛妈妈轻轻咬了一下嘴唇。

“你昨天说的那些是真心的吗？”

“当然。我们没有任何理由再继续下去。幸福不会再有了，只有痛苦而已。你应该也明白。”

素媛妈妈望着素媛爸爸。

“我们，上次叫对方的名字是什么时候呢？”

这一出乎意料的问题让素媛爸爸突然不知如何回答。他仔细想了一想：“是什么时候来着？”结婚后两人以爱称相称，而素媛出生后便自然而然地称呼对方素媛妈妈和素媛爸爸。

“大概是很久以前了吧，久到我们根本想不起来。毕竟成为素媛妈妈、素媛爸爸已经有 8 年的时间了。”

“……”

“恐怕以后我们也不会叫对方的名字了，因为这辈子你都是素媛爸爸，而我是素媛妈妈。”

瞬间，素媛爸爸的心动摇了一下，但是马上又恢复了。

“不要说这种抽象的东西。我现在对你只有怨恨。不要再玩文字游戏了。”

素媛爸爸越说越激动，最后竟然大喊大叫了起来。但是素媛妈妈连一点表情变化都没有。她的眼神闪闪发亮，意志坚定，这让望过来的素媛爸爸都不得不闪躲起来。

“我们一起面对吧。不逃避，不放任。我们一起来面对，一起战胜它。”

“我们，一起面对，不要逃避，也不要放任。我们一起战胜困难。”

母性的力量到底有多么强大？素媛妈妈的话让一直怨恨她的素媛爸爸也慌张了起来。因为他从来没有看到过素媛妈妈这样坚韧的一面。两个人恋爱时对方还只是一个会撒娇的小女孩。素媛出生后，他更是不止一次地感觉到，自己就仿佛有了两个女儿一样。素媛妈妈用坚定的语气再次说道：

“你真的觉得我们就回不到从前了吗？”

“……”

素媛爸爸低下了头，开始抽起烟来。他无话可说。放弃更痛，但不放弃的话又不能停止对素媛妈妈的埋怨。

“烟,又开始抽了吗？都戒了8年了。真的是要放弃这一切了吗？”

看到素媛爸爸点烟的样子，素媛妈妈的话变得更加犀利起来。他深深地叹了一口气，很快便整理好思绪，现在的他只想快快逃离这里。

“事情已经发生了。我现在很累。其实最初我也没有想要放弃，也觉得早晚我们会回到从前那样。但是现在我的想法改变了。已经过去半年时间了，但是我们的生活还是那么痛苦，一点儿也没有改变。所以我们要做的不是找回从前，而是要学会放弃。”

“你是说放弃一切去逃避吗？”

素媛妈妈的话让素媛爸爸听起来很不舒服。也许是素媛妈妈正好说中了他的软肋。只见素媛爸爸发神经一般地将烟摔在地上。

“话怎么能这么说！这一切还不是你造成的！像你这么不懂事的人，你觉得有资格为人母吗？就是因为你，这些事才会发生的！你觉得你自己有资格指责我吗？看到你我就忍不住！甚至想扇你耳光！如果当时你陪在素媛身边，如果真的是那样的话！”

他痛彻心扉地宣泄着，但素媛妈妈没有任何的动摇。他停了下来，喘着粗气试图平息自己的愤怒。

“我也讨厌我自己。”

素媛妈妈小声地自言自语着。充满歉意的素媛爸爸只能将自己的视线移开。素媛妈妈再次开口：

“我也很讨厌我自己，看不起我自己。但是即便这样我也不会放弃。我不想像你一样逃避、像你一样站在远处置之不理。我会去面对，去争取。我要让别人看到就凭那样一个肮脏的人根本毁灭不掉我们的家庭。我是绝对不会放弃的。”

素媛爸爸愣在那里。他需要足够大的勇气才能去面对素媛妈妈。

“我要回去了，你也回去吧。我会带着素媛回家的。”

说着素媛妈妈就向医院走去。这时素媛爸爸才敢回过头去看她。并怀疑地问自己，这真的是那个和自己一起生活过 8 年的素媛妈妈吗？

她的背影看起来并不羸弱。这让素媛爸爸不由自主地想起了自己的妈妈。

素媛爸爸来到精神科。朴民昭医生正在里面等着他。

“学长。”

朴民昭医生皱着眉走到他身边。

“又喝酒了？”

“素媛怎么样了？”

丝毫不理会朴民昭的问话。他面无表情地询问着素媛的情况。两个人坐了下来。

“学长，我从姐姐那里听说了。你要离婚？”

朴民昭也没有回答他的问题，反而说起了其他事，而且声音压得很低。素媛爸爸叹了一口气。看到这样的素媛爸爸，她也只能跟着叹气而已。

素媛爸爸是她高中上届的学长。他们是通过参加学校社团认识的。

当初素媛爸妈举办婚礼时，祝歌还是由她来唱的。自那之后她与素媛妈妈也结下了深厚的友谊。

所以事发后朴民昭自发地站出来，希望能够帮助到这家人。相信再也没有其他医生比她更了解素媛，更能够保护这受伤的一家人了。

事件发生后，素媛就如同一盘死沙，不论是精神还是身体都倒了下去。就连作为医生的朴民昭也开始跟着噩梦连连，可见事件之残忍、素媛之恐惧。

手术结束后，她便开始了对素媛的心理辅导。对素媛来说，手术带来的疼痛远不如精神上的打击更大。她不仅每夜失眠，而且一看到男性医生就会惊恐万分。孩子们一般思想单纯，所以如果不是极大的精神压力根本不可能造成长期失眠。因此如果孩子失眠了，那就证明受到了惊吓。

不仅如此，在朴民昭看来，素媛还患有抑郁症、躁郁症、极度的压力性性格障碍和行动障碍，简直是集所有精神性疾病于一身。素媛无视插在自己腹部的排便袋，脸上没有任何表情，整个人仿佛就像个人体模型。她害怕与其他人的视线接触，并不知疲倦地用身体来释放压力。

她甚至表现出了一些精神分裂的症状。例如总是望着没人经过的大街自言自语，似乎是出于自我保护意识而在精神上虚化出了一个可以保护自己的人。除了这个虚拟的人外，她不愿接近任何人。在朴医生第一次见到她的时候，她甚至连女性都很警惕。

就像动物小的时候一般都会对周围的静态事物或移动的物体感觉好奇一样，素媛也正处于这样的年纪。所以她在出事前也是个好奇宝宝，比如她会问妈妈“那个东西为什么会那样立在那里？”还会问爸爸“为什么冰激凌会这么好吃？”实际上从婴儿过渡到幼儿后，孩子们虽然还会对虚拟的东西感到害怕，但不会再对现实存在的东西感到畏惧。所以孩子们会害怕鬼，但会对人、汽车等实际存在的人或物产生好奇。

而现在的素媛却对所有东西都设了防。本应是充满好奇心的年纪，如今却对外界充满了警觉。就像小动物最初一无所知地靠近猛兽，在受到攻击后又变得胆小如鼠一样。

经过很长一段时间的努力，朴民昭才重新获得了素媛的信任。然而她却很难做到恪守医生的本分。既不是因为素媛爸爸是她的初恋，也不是因为大家数十年的友谊，而是作为母亲，她实在不能不为之感到心痛。

所以她没有单纯地用医学的方式来对素媛进行治疗。她选择先给素媛一个温暖的怀抱。这样做并不仅仅是因为有利于治疗，而是她发自内心地想要抱一抱这个可怜的孩子。

从两人见面到素媛接受她为止，一共花掉了 15 天的时间。

最初就连她出现在病房外，素媛都会感到畏惧。不知消耗掉了多少的耐心，不知站在门前对素媛讲了多少故事，递了多少零食、玩具以及童话书。就算深深感受到了素媛的悲伤,她也必须保持笑容。便是经过这样不断的努力，她才最终成功站到了素媛的身边。那是一种无法名状的感觉,她迫切地想要抱一抱素媛,但她还是选择忍住。就这样又过了 5 天。她开始能够与素媛一起做游戏，给素媛读童话故事，喂素媛吃零食。

某一天,素媛的指尖偶然间触碰到她的身体。她瞬间出于本能地、紧紧地抱住了素媛。在感受到素媛的体温后，一股无穷无尽的感动向她袭来。她抱着素媛承诺道:“以后我们一直在一起，一天也不间断的，每天在一起。”

“素媛呢？”

素媛爸爸的追问把她从记忆中拽了回来，他丝毫不想在其他事情上浪费时间。这使她感到很郁闷，但还是一副投降了的表情打开抽屉拿出了素媛的画。

“这是几个月之前素媛第一次画的画。”

素媛爸爸留意到了画下面标记的时间。

“我让素媛画全家福，但是素媛没有画你。在素媛看来，学长你根本不是家庭的一员，她只有妈妈。而且素媛也没有画自己，她是从第三者的立场创作了这幅画，也就是说不论是自己，还是爸爸都不是这家庭的一员。”

正如朴民昭所说，画中只有素媛妈妈一人。他失望地闭上了眼睛。随后朴医生又拿出了另外一幅画。

“这是我和素媛一起画的涂鸦。这样做是为了引导孩子进行正向思维。最初素媛很排斥这种形式。当然了，毕竟当时素媛的脑海中除了噩梦的画面再无其他，所以我加入了游戏治疗。经过多次的游戏治疗和涂鸦过后，我又让素媛重新画了一幅全家福。这是 3 个月之前素媛所画的。我让素媛试着画一画家人都在做些什么，当然动态的全家福会与静态的全家福有些不同。”

因为实在没有勇气去看，所以他一直闭着眼睛。而她很了解素媛爸爸此刻的心情。

“这次有了一些好转的迹象。学长，你看一下。”

他抬起千斤重的眼皮，看到画中素媛妈妈正在做饭，而素媛正在房间里跳绳。

“看，素媛已经开始将自己纳入家庭的一员了。但仔细一看还是可以发现问题，画中只有姐姐的背影，对吧？根本看不到正脸，这是漠不关心的表现。而且姐姐正拿着菜刀在做饭，对吧？这是警惕的表现。但是除了这些，还有一个更严重的问题，那就是素媛正独自一人待在房间里。她希望通过空间的划分将自己与外界屏蔽起来，而且简单的空间划分还不能使她放心，所以她选择用跳绳来伪装自己。这是一种彻头彻尾的自我保护。嗯！但即便这样还是比之前好了很多。毕竟她已经将自己视为家庭成员，所以已经算恢复得不错了。”

“真的有所好转吗？”

他心惊胆战地问道。医生坚定的回答给他吃了一颗定心丸。

“当然了。正在一点一点地好转。好了！我们再来看看这幅画吧，这是素媛 2 个月前所画的。在这期间,我努力让姐姐和素媛一起来画，因为家庭成员间的互动能够有效增进彼此的感情。她们各自拿着不同颜色的画笔，一起完成作品。当然游戏治疗也一直没有间断。之后我又让素媛画了全家福，这次姐姐和素媛之间的警戒线完全消除了，效果很让人满意。素媛不但把两个人之间的距离画得很近，而且还将妈妈画得很高大。虽然高大的形象一方面是权力的象征，但另一方面也意味着可以依靠。”

他望着画很长一段时间。但是不论他怎么揉眼睛，都在画中看不到自己。这使他十分消沉。

“为什么没有我呢？”

“这需要时间，还不到时候，现在素媛还不能接受男性的存在。”

“连爸爸都不行吗？”

“是的，连学长也不行。”

他痛苦地用双手捂住自己的脸。

对话中断，房间里也萦绕着沮丧的气息。她预想到了一件事。

大概是精神科医生的直觉？素媛爸爸的话立刻应验了她的猜想。

“什么时候素媛才能接受我呢？”

朴民昭久久没有回答，因为她也还没有理清现在的情况。实际上自从开始为素媛治疗，这个问题就一直烦恼着她。

她想编造美好的谎言，因为谎言能够给他带来希望，让他坚持下去。但她也很清楚，一旦谎言被揭穿，那种挫败感是谁也无法承受的。

她就那样望着他，望着他布满血丝的双眼，望着他好像随时都会流泪的悲伤的双眼，无言以对。

“为什么不说话？到底要到什么时候？什么时候，素媛才能重新接受我？”

“呃……”

她下意识地发出了一声犹豫的叹息。

“没关系，你说吧。”

他再三催促着。最终她低着头说道：

“我也不知道。也许是明天，也许是1年以后，也许是永远。”

听到她的回答，素媛爸爸又绝望地闭上了双眼。

“说不知道，这像话吗？你可是医生啊！”

“对精神科来说统计虽然很重要，但每个人都是不同的个体。对不起……”

素媛爸爸怨恨地望着朴民昭。而朴医生则回避着他的视线，充满了歉意。安静的房间里只有怨恨和歉意在徘徊。

“真想见见。”

“嗯？”

面对素媛爸爸出乎意料的发声，她下意识地这样地反问道。

“真想见见，我们素媛。”

“……”

“好想带她去游乐园。”

“……”

“好想抱抱她，看看她的样子。”

“学长……”

“好想和素媛一起玩她喜欢的小熊。”

“……”

“好想让素媛亲亲我。好想每天带她去上学，给她零用钱，让她骑在我的脖子上，带她上街玩。”

他双手抓着头发，哭得声泪俱下。

“我想听她再叫声爸爸。每天晚上等着她打电话叫我回家，叫我回家的路上给她带她爱的冰激凌。好想听听素媛的声音。”

“你冷静一下。”

他的肩膀在剧烈地颤抖着。朴医生看到后赶忙拿来面巾纸跪坐在他的面前。她想要伸手为其擦掉眼泪，但最终没有这么做。因为此刻素媛爸爸的表情就仿佛失去了一切，就算说他马上就会痛苦地死掉也毫不夸张。对，就是这样的表情。他完全控制不住自己的感情。

“好想和素媛一起伴着童谣跳舞。好想和素媛一起去看她最爱的《怪物史莱克》。最近又出了续集，好想带她一起去看。”

“素媛，我的女儿素媛……好想……和她一起……”

那个家伙，让一个家庭失去了团圆这最基本的权利。他一时间的欲望，却给一个家庭带来了如此沉重的未来。

“学长，你听我说。”

他们来到医院附近的餐厅。但是他始终没有动筷。她很难过，是同情？不，是比那更深刻的情感。她夹了一些泡菜放在他的碗中，可素媛爸爸依旧没有要吃的迹象。

“学长，素媛现在已经好转很多了，反而是姐姐的问题比较大。”

一直看着饭碗发愣的素媛爸爸突然抬起头来，眼中满是“她有什么问题？”的疑问。

“姐姐现在情绪很不稳定，而且有很严重的抑郁症。她一直长期失眠，就算服用了安眠药物，也最多只能睡上3个小时左右。所以你不要过于埋怨她，毕竟她现在也很不容易。”

“……”

但是素媛爸爸听后是一副“原来没有什么啊”的表情。她夹了一口饭放入嘴中，还没有来得及咽下就仿佛突然想到了什么一样“啊！”的一声叫了出来。

“学长你还记得《欢喜城》吗，好像学长还跟我炫耀过？我就是那时受了打击所以放弃了学长……”

素媛爸爸没有任何反应，现在烦躁的他根本听不进去她的话。但是她急急忙忙地吃了两口饭后又接着说道：

“学长好像跟我说是在看这部电影的时候向姐姐表白的。那时我就想，如果是我和学长一起去看的电影，是不是如今我们的立场就会不同了呢？现在我也在想。如果我们的立场改变了，是不是现在经历这场苦痛就会是我而不是姐姐了呢？”

“学长，正因为当时不是我，所以现在的我才能过着如此幸福的生活，有着帅气的老公，还有两个可爱的孩子。‘如果没有遇到学长’，我们拿姐姐来做这样一个假设怎么样？当时没有去和学长看电影真是万幸。不是这样吗？”

“你这是要将所有责任都推给我吗？因为你也是女人，所以就同病相怜吗？”

他的话中带着愤怒，然而民昭依旧有条不紊地继续着：

“《欢喜城》，那时挂掉学长的电话后，我就按捺不住好奇去看了这部电影。还记得电影中有这样一句台词：‘离我远些，贫穷也是会传染的。’当时我不理解，但是现在懂了。你知道抑郁症也会传染吗？虽然不是什么病毒，但是你知道所有的精神疾病都是会传染的吗？特别是对于小孩子传染性更强。神奇吧？但这确实是真的。所以为了素媛，你也要包容姐姐。你没有选择，只要你是素媛爸爸……”

听了民昭的话，他受到了震动。

“但是我没办法原谅她，只要看到她就止不住地要责备她。不仅心跳加速，手也会不自觉地伸上去。我真的很痛苦。”

他诉出了自己的苦衷。民昭夹了一大口菜送到他嘴边。

“吃掉。快点！”

她强迫着将菜送入了他的嘴中。虽然他一直向后躲，心里也依旧不情愿，但还是败给了固执的她。然而就在菜滑过食道的瞬间他疯了似的奔向了洗手间。

民昭赶忙跟上去。他吐着刚才的菜和酸水。而她只能帮他反复拍着后背。

“看来要去看内科了。你也要注意一下自己的身体才行。”

持续不断的呕吐让他筋疲力尽。他就这样蜷坐在坐便器旁边喘息着。

“姐姐在素媛面前表现得很坚强，但是在学长面前表现得很畏惧胆小。这并不仅仅是因为自责，而是因为曾经最信任的人放弃了自己。素媛需要妈妈，而姐姐需要你。姐姐如果倒下了，那么素媛也就不可能再回到从前了。所以说学长你的角色很重要。”

他用袖子简单地擦了擦嘴。此刻站在他面前的民昭看起来也是那么坚强，使他看到了自己妈妈的影子。

他小声地自言自语着：

“难道只有我被打倒了吗？为什么所有人都在努力地战胜着困难。但是我到死也不会原谅。”

第三章 · 美丽心灵的永恒阳光

素媛急急忙忙地从冰箱里拿出冰激凌和零食，铺满了一地。她开始情绪失控，疯狂地向嘴中塞各种东西，上一口还没有咽下，下一口就又塞了进去……

素媛妈妈带着素媛离开医院准备回家。她将素媛放在车前座上，仔细观察着素媛的表情。每次素媛接受完治疗，她都这样既紧张，又期待。快要到家的时候，素媛妈妈突然看到路边的音像店，欣喜地向素媛提议："我们要不要进去看看？"素媛点头答应下来。她们下了车一起进到店里驾轻就熟地找到了漫画 DVD 区，悠闲地逛了起来。素媛找着她喜欢的漫画电影，而素媛妈妈就亦步亦趋地跟在素媛身后。

"我们今天看《怪物史莱克》好不好？"

"不是都看过很多次了吗？"素媛摇着头拒绝道。

她们就这样在本没有多大的漫画电影区内来回挑选着。最后素媛在几张 DVD 中间犹豫不决，这时店主阿姨走了过来，蹲下来看着素媛。

“素媛，你可以看看这部，很有意思的。上次阿姨也看了，觉得很不错呢。”

阿姨在素媛挑选的几张中间挑出了一张。素媛想了想，随后看向妈妈，眼神肯定。

“那就这张吧。”

听到素媛妈妈的话，店主阿姨来到收款台，娴熟地在借阅账簿上找到素媛妈妈的名字。就在要付款的时候，素媛妈妈看到了店主身后堆着的碟片。店主也随着她的视线回头望去。

“《美丽心灵的永恒阳光》能一起借给我吗？”

素媛妈妈一边说一边指着。店主按照素媛妈妈所指的方向很快找到了碟片。

“这张，你就拿走吧。反正也没有人来借。”

说着店主笑着将碟片放入袋子中递给了素媛妈妈。向店主道别后她们出了店门。就在要上车的时候，素媛妈妈又突然提议道：“我们去买冰激凌好不好？”素媛连忙笑着点头。她一下子抱起素媛向超市走去。

这是素媛今天第一次笑。

所以连她的表情也跟着明亮起来。

今天素媛已经在房间里待了一整天，或看 DVD、或看童话书。突然，素媛放下童话书开始对着墙壁发起呆来。素媛妈妈发现后心一下子就沉了下去。她快速地走到素媛身边，提议要和素媛一起做游戏，但是遭到了素媛的拒绝。只见素媛急急忙忙地从冰箱里拿出冰激凌和零食，铺满了一地。她开始情绪失控，疯狂地向嘴中塞各种东西，上一口还没有咽下，下一口就又塞了进去。素媛妈妈担心地叮嘱道："素媛！先把嘴里的东西咽下去再吃，否则肚子会不舒服的。"但是素媛并没有理会妈妈的话，甩开妈妈妨碍的手继续暴饮暴食。素媛妈妈也并没有就此妥协。

"素媛啊！如果肚子不舒服可是要去医院的。素媛不是最讨厌打针了吗？素媛给妈妈吃一口可以吗？"

她就这样苦苦哀求着。

今天不知怎的，她突然有一种想哭的感觉。或许是因为见到了素媛爸爸吧？面对这样突发的状况，她感到十分无力。她又抱起了素媛，正如每次素媛情绪失控时一样。因为这是她唯一能够让素媛镇定下来的方法。一天一次，她每天就这样抱着素媛一边唱一边摇。每当这时她都会想："要是素媛再长大一些，是不是就抱不动了？"

万幸的是今天素媛反常的时间并不长。没到 10 分钟素媛就困得趴在了她的肩上："妈妈我困，我要睡觉。"眼泪一下子收住，微笑又重新浮上了她的脸庞。

她轻轻地将素媛放在了客厅的沙发上。素媛很快就睡着了。她小心翼翼地收拾掉了地上的零食。虽然已经汗流浃背，但她没有去洗漱，而是目不转睛地守在素媛身边。素媛微张着嘴发出呼吸的声音，她侧身在素媛的额头上落下一吻。

这时她转头看到了电视上面的碟片。既然素媛已经睡着了应该可以看一下。这样想着，她轻轻地站起来将碟片放入了播放机中。画面抖动了一会儿后开始正常播放，她放小了声音看了起来。

如今她已经记不起这是什么时候的电影了，只记得当时很受感动，并向朋友们大加赞赏了一番。这部影片是她与素媛爸爸结婚后两人看的第一部也是最后一部电影。

为什么会借这部影片呢？她问自己。除了名字很眼熟之外想不出其他别的原因。

她没有深究这个问题，而是继续看了下去。虽然是一部看过的电影，但她觉得很陌生，就仿佛是第一次看到一样。

电影从男女主人公因性格差异而提出分手的场面开始。电影中，他们委托一家记忆消除公司消除掉两个人在一起的记忆。在记忆一点点被消除的过程中，他们才发现原来彼此之间的爱其实要远多于恨，所以被消除掉记忆的两人最后还是重新走到了一起。这部电影主要想表达的就是不论是什么记忆，只要是爱人之间的，那就是珍贵的，即便有些记忆令人感到痛苦。

电影结束，字幕升起，素媛妈妈突然明白了自己借这部影片的理由，因为她想要借此回忆起那些两个人之间的幸福瞬间。

素媛出生后第一次外出约会时，看完电影连茶都没喝上一杯，他们就因为担心素媛而急匆匆地回家了。3个小时，不，时间比那还要更短一些。

开车回家的路上，素媛爸爸曾经说过：

“我们不要做那么傻的事。”

“什么？”

“不管是多么不愉快的记忆，但那毕竟是我们的记忆，不是吗？不论是吵架、伤心，还是其他。正因为是家人、是相爱的人，所以就算是不好的记忆也不要消除掉。我们可以一起战胜它。不论是伤痛还是艰辛我们都要一起铭记，一起逾越。”

当时素媛爸爸讲得颇为认真。而她就那样笑着握着他的手答应道：

“我们一定能够战胜一切。以后不论发生什么，我们都要珍惜彼此，都要携手战胜它，我们用爱的名义发誓。以后一定不能违背今天的誓言哦，知道吗？”

素媛爸爸独自看着店。眼看已经过了关门的时间，但他却没有离开的意思。如果是以前，他一定会伸长脖子盼着下班，早早地就给素媛妈妈打去电话询问晚上吃什么，要给素媛买些什么，然后提着买好的冰激凌飞奔回家。

但是现在不一样了。他只能回到自己租来的那间空无一人的一居室，坐在椅子上看着来来往往的人们。

“都在赶着回家吧？有家人在的家。”他独自呢喃着。

正在他叹气的时候，手机上传来了一则短信息。

“还记得《美丽心灵的永恒阳光》这部电影吗？我们最后看的那部电影。今天我又重新看了一遍。为什么会这么有感触呢？我相信我们的誓言还有效。”

是素媛妈妈发过来的。他一边读一边回想着曾经的种种。虽然记不起电影的具体内容，但还记着一些出现过的话：

“求求您，千万不要删除这段记忆。”

想起这句话后，他大概记起了电影的内容，也随之记起了那天自己对素媛妈妈所发的誓言。

“还不如现在就消除掉记忆，至少消除素媛的。”

素媛的伤痛，只要素媛同意，他就能够撑过去。只要素媛能够重新接受他，那点痛根本不算什么。因为他相信只要他和素媛妈妈一起努力就一定能够战胜一切。但是素媛现在很排斥，既排斥痛苦的记忆，也排斥倾诉这些不好的记忆。他连想要努力的机会都没有，因为素媛夺去了他参与的权利。不，不是素缓，是那个家伙，是那个家伙夺去了素媛幸福的权利。是他让素媛排斥一切，排斥家人、排斥爸爸。

一想到那个可恶的家伙，素媛爸爸就按捺不住心中的怒火。令人羞耻的邪恶之火又重燃了起来，他必须马上将它熄灭。这样想着，素媛爸爸站了起来急急忙忙出了店门，用最快的速度向街对面的啤酒屋走去。

难道是睡了？听到手机的声音，素媛妈妈一下子精神了起来。原来没有睡着。真是走神得厉害，连自己醒着都不知道了。

这个时间打电话的除了素媛爸爸没有别人，肯定是又喝醉了，因为每次打电话时话都说不清楚。她跑着离开房间，“嗯”的一声接起电话，但是对方不是素媛爸爸。

“不知道您是不是机主的夫人？”

对方听起来很急。这让她的手开始颤抖起来，祈祷着千万不是自己所想的那样。

“他出了交通事故，现在正被送去J医院。您一定要快点过去，生命垂危。”

电话掉在地上。那头“喂！喂！”急切地等着回答。她来到素媛的睡房，现在并没有整理思绪的时间，只听电话那头还在焦急地等待着。

她又拾起电话。

“我马上过去，到了再给您打电话。”

听到她异常淡定的声音，对方愣愣地回答了一声“好”便挂了电话。她又找到了朴民昭的电话，颤抖着拨了出去。响了很长时间，就在她踱来踱去很多次后对方才接了电话。

“是，姐姐。”

“民昭啊，现在能帮我照看一下素媛吗？”

“嗯？发生什么了？”

“对不起，素媛爸爸，受伤了。说是交通事故我现在必须过去。你能快点来我家一趟吗？除了民昭你，素媛还没有近距离接触过其他人。”

素媛妈妈既没有慌张、也没消沉，反而是朴民昭显得更加不淡定。

“姐姐，我现在就出发，大概15分钟，等我一下。”

119的救护人员将素媛爸爸抬到简易担架上快速地护送到了抢救室。戴着氧气罩的他至今还没有恢复意识。头部出血，身体就仿佛是具死尸没有半点反应。医生看后马上吩咐道：“等不及了。先把他抬到手术室再进一步查看伤势吧。”

医生和病人进入手术室后，救护人员的手机响了起来，正是素媛妈妈。“喂？”救护人员一接起电话，那边就不管三七二十一地开始质问起来，不禁让人怀疑是否还是刚才那个接电话的人。

“我们素媛爸爸怎么样了？到底是怎么回事？为什么会受伤？到底有多危险？他会死吗？”问题一个接着一个。

救护人员还没来得及回答。素媛妈妈又说了下去：

“都是因为我，都是因为我才会这样的，所有事情都是因为我。”

手术据医生说大概要长达10个小时。我先找到了救护人员。但是救护人员什么也没有说，只是告诉她伤到了头部，所以手术很危险。直到警察来了以后我才知道了具体的情况。根据目击者的陈述，当时素媛爸爸喝醉了，而且没有预兆地冲到了路中间。如果换作别的家庭一定会反驳“不可能”，但是我却无法做出任何辩解，只能低下头瘫坐在地上。警察向我询问事发的理由，他们一直等着我的回答。没过多久记者也陆陆续续地跟了过来。快门闪动的瞬间，我的心也仿佛被灼烧成了一片焦土。而此时的记者们就仿佛是发现了食物的猛兽。

“难道是因为孩子而发生的惨剧？”不知是谁提起了这个话题。我怒瞪着记者们，但他们仿佛感受不到我的憎恶，继续问道：“是企图自杀吗？”真想抓住他们的衣领，但是现在的我双腿无力，连站都站不起来。是医院的相关人员走出来，为我驱赶走了记者。第二天，我的照片以及怀疑素媛爸爸自杀的新闻登上了各大新闻的封面，更有甚者还将素媛的过往经历拿出来调侃。

但是我没有力气为此费神。因为素媛爸爸至今还没有从手术室出来。我死死瞪着那块灯牌，祈祷着手术中的灯牌快些熄灭，身体仿佛失去了所有力量。可是，从凌晨到第二天中午，灯牌一直没有熄灭。

12个小时后灯灭了，比医生所说的时间还多了2个小时。手术室的门一打开，医生便走了出来。而我没有去理医生，而是直接望向了跟出来的病床。应该算万幸吗？躺在手术床上的素媛爸爸戴着氧气罩。这时我才回过头来看医生。医生说道："手术虽然很成功……"和上次素媛出手术室时医生所说的话一模一样。这让我大概猜想到了下面的话：只有病人醒过来才能进一步确认……

素媛爸爸被移送到重症病房的途中，我又握住了这双5个月时间里一直没有握过的手。在感觉到这双手传来的温度后我才总算放下了心。虽然他现在还闭着眼睛，但我相信他也会像素媛一样醒过来。

那种盼望某个沉睡中的人能够醒来的心情，大家了解吗？而那种不知道所爱之人会以何种状态醒来的心情，大家又是否感受过呢？

忍受着仿佛血液都在逐渐干涸的痛苦，我静静地守在他的身旁。虽然身体已经到达了极限，但是心里一直告诉自己要坚持，好在最后精神还是战胜了肉体。1个小时、2个小时、8个小时过去了，素媛爸爸却丝毫没有醒来的迹象。医生已经来过了三次，但这期间我无数次地抓住护士的手询问苏醒的时间。得到的却只有官方的回答：

“我帮您去叫医生。”

亲戚们通过新闻和报纸得知了素媛爸爸入院的消息。所有人都开始质问我。面对这些匆匆跑来的亲戚，我表现出了超越身体和精神极限的最大的耐性。

婆婆一来就痛哭起来。而我的妈妈就像罪人一样站在那里低垂着头。“这个女人吃人啊！”婆婆边喊边抓住了我的头发。但我既感觉不到疼痛，也听不到婆婆所说的话。妈妈和其他家人拉住了婆婆，而我只是一心等待着素媛爸爸的苏醒。就算是挨再多的骂，就算被推来搡去，我的眼里也只有他。

“都是她造成的！我的孙女、我的儿子，都是因为她才变成这样的！我的天啊！我的孩子要死了。我的孩子要死了！”

婆婆坐在地上呼天抢地。医生、护士和亲戚们一起拉走了她。而就在被拉走时，她也不忘对我恶言相向。

突然我的后背感觉到有一双温暖的手。是妈妈。

“怎么办，怎么办，真是……怎么办才好？”

我既没有理会妈妈，也没有流泪，只是那样抓着他的手。

“你一定要醒过来，我一个人承受不来的，不要这么小气地一个人先逃走。我们不是发过誓吗？我们发过誓，所以，你一定要挺过来。只要你醒了我就全原谅你，不管是你的寻死，还是你的自暴自弃，所有的……我全原谅……所以醒一醒。”

7天，7天了。7天，也就是一周的时间，往往周末的结束意味着周一综合征的开始。曾经我也和大家一样，是一个幸福的人，会在周一患上周一综合征，而周五又兴奋地开始计划周末的家庭旅行。但现在一切全都变了。自从那个家伙给我们下了魔咒，不论是周一的痛苦还是周五的开心，我统统都感觉不到了。就连平凡的幸福对我们来说都是奢侈。但是我经历了比这更为痛苦的一周，根本感知不到疲惫，泪水也已经流干了。不论是亲戚们责怪的眼神，还是难以入耳的辱骂声，我都不在乎。只要每天能够感受到素媛爸爸的温度，只要他还在呼吸、还有心跳，那我就再也别无所求了。

没有家人在身边的时间显得更为难熬。病房里只能听到心跳监测仪器跳动的声音，不知道哪一天突然“哔”的一声，一条生命就这样走到了尽头。幸好透过家人们的责备声，我还能够听到素媛爸爸铿锵的心跳。

这一周对我来说是相当大的考验，可谓已经远远超出了我所能负荷的最大限度。我凭借着几乎不能称之为希望的希望支撑着，幻想着一家人重新团聚的那一天。虽然已经在这场战争中输得很惨，但我决不会就此妥协。因为我是那么的冤枉、那么的委屈。比起就此认输，我更愿意活在希望的幻想中。

宽恕是绝不可能的。因为正是那个家伙玷污了我们的宝贝，而且现在还将我们家最值得依靠的大树也连根拔起，一点希望都不留。

民昭每天都会给我开一些药物。这些药物能够使我意识变得模糊，暂时忘记一些事情。我正是依靠着这些药物才坚持了下来。每当意识模糊的时候，我就会想起“我们”一家人。然而就算再困，我也从来没有闭眼超过3秒钟。

真是不愿再回忆起来的一周时间。

我在素媛爸爸睁开眼睛的那一刻彻底地昏倒了。不知是因为终于放下了心，或者是因为又有了依靠，素媛爸爸睁开眼睛后就那样一动不动地望着天。

“总算活过来了。现在，我要休息一下。太累了。素媛爸爸，我……爱……你。”

我就这样靠在素媛爸爸的怀里昏睡了过去。

到底睡了多久？醒来竟然躺在医院的病床上，手上还打着吊瓶。睡着的时候我做了一个很美很美的梦，梦中素媛爸爸一边唱着催眠曲一边轻抚着我的头，这是我们恋爱时也从没有过的场景。但那感觉太过真实，差点让我误以为真。为什么会梦到这些呢？

我下意识地望向四周，发现民昭正守在我的床前。“姐姐，你好些了吗？”民昭关心地问我。而我看了看表后没有问她“我到底睡了多久？”而是问道:“素媛爸爸还有素媛怎么样了？”她拉起我的手，这一动作让我感到很不安，于是手便不由自主地颤抖起来。民昭没有正面回答我，而是顾左右而言其他。

“你睡了整整 3 天。不，应该说是昏迷了 3 天。以前就算吃了我给你开的药，你也睡不着吗？”

我同样没有回答她的问题，而是继续问着素媛和素媛爸爸的情况。“素媛爸爸还有素媛怎么样了？”她听后笑了起来。

“都很好。姐姐，你好好休息。学长他很好，现在正睡着。素媛也在我家睡得正香呢。”

她用手指着墙上的钟表。已经是凌晨 3 点了。

“你和学长的情况，明天早上主治医师会具体说的。不过我还有些话要对姐姐说。”

“什么话？”

“明天，明天我再告诉你。今天你就好好地睡一觉，我要回去看着素媛了。”

想到素媛还是一个人，我就没有再继续固执地问下去。民昭紧握了一下我的手便离开了病房。

房门关闭，黑暗再次袭来。我就在这片黑暗中呆呆地望着天花板，这是一个什么也感受不到的空间。要是能够一直这样就好了，没有任何感受和感觉,完全处在“无”的状态。置身于这片黑暗当中，我突然理解了素媛爸爸之前的所作所为：

他当时也许真的就认为那才最好的解决方法吧？就像电影《美丽心灵的永恒阳光》中最令人憎恶、最软弱的主人公那样，将死作为去除记忆的手段？虽然我在内心深处一直不愿承认这是真的，但现实是那么冷酷、那么残忍。好吧，好吧，他就是想要通过去除这段记忆来抹去素媛的伤痛。但是即便这样做也不能让那个可恶的家伙从地球上消失，不能真的帮助素媛抹去记忆啊。我相信，素媛爸爸应该也很清楚这一点。不过是想通过逃避来减轻自己的痛苦而已。也许他甚至想过要一起带走我和素媛。想到这我不禁毛骨悚然，因贫穷或是债务而杀死家人再自杀的新闻也屡见不鲜。但我仍旧不能苟同。如果有做这些的决心，何不努力地活下去，而且就算死又何必牵累家人。但他们大概也是走投无路。如果是我，也许也会那样做吧。就算是我，也会想带着家人一起去另一个世界过幸福的生活吧。

不过想到这心里又升起了另一个疑问：

他，到底是出于什么原因要自己一个人上路而不是带着我和素媛一起？真的是想放弃一切了吗？难道是带着我和素媛会让他感觉永远也摆脱不了那种痛苦吗？

黑暗中混杂着各种感情与思绪，看来宁静只是暂时的。于是我又打开了民昭放在这里的安眠药药瓶。拿出一粒，接着又拿出了一粒。然而即便一口气吞下了两粒，我还是那样继续望着天花板发呆。因为太过害怕睡着，频繁的梦魇让我再也不敢轻易入睡。

我不知不觉地开始自言自语起来。

“我们，真的要去除掉所有的记忆吗？难道这才是最好的办法？”

睡意袭来，脑袋开始变得越来越沉。希望能够梦到团圆的画面，哪怕只有今天。

“姐姐，醒一醒。你怎么出了这么多冷汗？做噩梦了吗？”

素 媛

民昭的声音将我从漫长的噩梦中解救了出来。病服正湿漉漉地粘在我的身上。就在我回头想要找些水来喝的时候，发现素媛正用不安的眼神望着我。

“你带素媛一起来了啊。”

素媛，我的宝贝女儿，握住了我冰冷的手。还没来得及推翻噩梦中的场景，我就不得不马上露出明朗的微笑。很快到了10点钟。民昭摸着素媛的头对我说：

“学长的主治医生说好要过来。我先带素媛出去了。”

话音刚落，敲门声响起，为素媛爸爸做手术的那名医生打开门走了进来。民昭向他简单地问了一声好，便带着素媛离开了。我没有马上招呼这名医生，而是努力微笑着送走因不安而频频回头的素媛。

房门关上，民昭和素媛消失在门外。这时我才表情僵硬地望向素媛爸爸的主治医师。

“手术很成功，恢复得也很快。本来我们担心会有出现麻痹的部位，但现在看来一切都很好。”

听到医生的话，一颗心终于落了地。没想到紧张过后身体竟然疼了起来。我试图用稍微舒服一点儿的姿势靠在床上。

“但是……”

医生话锋一转，令我的动作戛然而止。肌肉瞬间收缩并伴随着麻痹出现，表情也如之前一般紧张不已。我又将身体恢复到原位，紧紧抓住医生的手。

“病人出现了失忆现象，同时伴随着智能上的障碍。具体的您还要咨询朴医生。”

“您竟然说失忆？智能障碍……又是什么？”

“因为这属于精神科的范畴，所以由朴医生来解释应该更好。我能告诉您的也就只有这么多了。”

医生尽可能地回避着话题。我想要坐起来、但周围的护士们阻止了我。

“不论怎样您倒是告诉我啊。您是说素媛爸爸失去了记忆有可能成为智障吗？那像话吗？”

失去理性的我最终还是紧紧拽着医生的手大喊大叫了起来，眼泪以及冷汗同时流了下来。医生一言不发地垂着头，好像找不到任何对策。

“您说这话是什么意思！到底是怎么一回事！”

大家拼尽全力才固定住了发疯的我。这时民昭推门走了进来，身后没有素媛的影子。

“素媛呢？”

比起素媛爸爸，我更担心素媛。

“别担心。素媛正在接受美术治疗。剩下的由我来解释。”

听了民昭的话，我才放过了那名医生。只见他慌慌张张地逃离了病房。我一动不动地盯着她，她则偏坐在病床上拉起了我的手，在深吸了一口气后一一道来：

“人啊，有一种能力，就是自己删除掉自己的记忆。删除掉那些比死亡更可怕的记忆。现在学长已经记不起素媛出事时的情景了。既叫分离性障碍，也叫选择性失忆。”

“那么，医生所说的智能障碍又是什么呢？”

民昭挠了挠头，似乎不知道要如何解释才好。她皱着眉思索了好一会儿。

“我也不是很清楚。虽然学长头部出血很严重，但并没有伤到神经，相较之反而内脏出血造成的危害要更大一些。而且他的头部也没有受到什么外部冲击，一切都很正常。”

“那么，就找不出原因了吗？”

“我认为不是事故导致的。现在我可以肯定这是选择性障碍，但是否伴随有智能障碍我不敢断言。不过据我推测这可能是学长自己的选择。他从意识里希望自己能够变得像素媛一样。因为他太想和素媛在一起，如果能够和素媛一起，那么他会不惜一切代价。”

突然间不知怎的内心变得很平静。究竟是为什么呢？最初的慌张和郁闷全部一扫而光。当我闭上眼时最先想到的不是“为什么会变成这样？”而是“今后我要如何守护我的家人们？”

“那么智能障碍具体又是怎样的症状呢？是变成傻子的意思吗？你说说看。”

我淡定地问民昭。现在再问为什么会变成这样已经没有任何意义了，还不如准确地掌握他的病情，好好地想一想以后要如何应对。

“智商大概相当于 8 ～ 12 岁的孩子。具体情况还要等学长身体恢复正常之后才能知道。但他能记得姐姐是他的妻子，素媛是他的女儿，也能记得以前你们恋爱的事情，以及那之后和素媛一起的经历。简单来说就是行为和语言能力下降到 8 ～ 12 岁。”

“你的话到底什么意思？我还是不是很清楚。”

我从民昭的手中抽出自己的手来，抱住了自己的脸。而民昭则轻轻地环住了我。接着我又不死心地问：

“应该算幸运吧。即使这样，也应该算是幸运的吧。”

但民昭没有给我想要的答案。

“我也不清楚，到底是幸还是不幸。”

虽然医院的医生让我好好休息，但那对我来说太过奢侈。我和素媛一起吃过饭后，在素媛睡着的时候，便和民昭一起去探望了素媛爸爸。来到病房门前，我突然开始害怕起来，甚至没有勇气打开房门。民昭就仿佛知道我内心的挣扎一般，耐心地等待着我做好心理准备。我两手紧紧握着拳头，一步一步努力地向前迈进。终于拖着身体勉强打开了房门。

病房内电视的声音开得很大，上面正放着素媛经常看的那部动画电影。素媛爸爸看得太过聚精会神，以至于根本不知道我们进来。他的背影让人感觉到很弱小，就像小孩子一样……我下意识地咬住嘴唇，像石头一样僵硬的身体做不出任何反应，只有心脏的跳动告诉我，我还活着。

民昭先看了看我的脸色，然后唤了素媛爸爸一声。

“学长！”

这时素媛爸爸才回过头。

“噢？老婆来了！”

素媛爸爸高兴得从床上跳下来，一口气冲到了我面前，然后用力抱紧了我。

“为什么现在才来？不知道我有多想你。你去哪了？素媛呢？素媛去哪了？为什么不来和我一起看动画？”

不论是行动还是语气都与出事前的素媛一模一样，真是让我无言以对。太荒唐了，太荒唐了！真不知道要如何接受才好，居然一下子就变成孩子了！将他视为孩子觉得太过委屈，但将他这么一个看着你高兴得跳来跳去的人视为大人又太过牵强。眼前真是一片黑，之前所经历的一切苦难都并不算什么，因为如今我又有了一个更大的包袱，而且是绝对不能遗弃的包袱。虽然不是强加的，却是不得不背负起来的负担。

“老婆你为什么哭啊？”

素媛爸爸看到我脸上的泪水后，急忙问我。但我就是控制不住自己的泪水。他急忙找来纸巾帮我擦眼泪。

他的眼中也含着泪花。

“别哭了，老婆，别哭。”

说着说着素媛爸爸也开始落泪。我回抱住了他。因为我想要确认一下，这个人是否可以依靠？是否能够给我力量？他的身体依旧很温暖，我清晰地感觉到了他的肩膀在颤抖，他的心脏在跳动。我们多久没有拥抱过彼此了？上次像这样拥抱是什么时候呢？

“我是应该觉得幸福吗？毕竟又能够再次拥抱。真是太复杂了，这所有的情况。真希望这一切都是假的。”

我不断地催眠自己这一切都只是一场噩梦。只要我醒来，素媛爸爸和素媛就会一如从前那般笑着站在我身边。

第四章 · 记忆碎片

素媛爸爸当时到底承受了多少东西，才会选择自杀？到底是多么伤人的记忆，让他醒来后宁愿选择失忆，选择做个小孩？

躺在病床上的素媛爸爸一整天都在看电视。与大人不同，他所看的无一例外都是儿童节目。看的时候大笑不止，看累了就睡个觉。零食和饮料堆得满满的，玩具和漫画书被乱丢在一边，整个病房简直乱了套。

民昭推门走了进来。素媛爸爸正在投入地看着漫画，即便有人来也毫不理会。

“学长，这都是些什么啊！”

民昭看着乱糟糟的房间问道，而素媛爸爸依旧问东答西。

“究竟还要在这里待多久？我还要去店里工作呢？什么时候才可以回家啊？”

素媛爸爸望着民昭可怜地问。

“很想姐姐吧？”

“嗯，也很想素媛。我还要和素媛一起看《怪物史莱克》呢！挣了钱才能给素媛买玩具。我可以现在就回家吗？”

“再待 10 天。然后你就可以回家了。”

民昭就像哄小孩似的，一边说一边摸着素媛爸爸的头。但是素媛爸爸突然发神经似的打掉了民昭的手。

“还要到什么时候！我已经在这里待一个月了。开始你不是说只要 3 天吗？为什么出尔反尔？何况我也没有钱待在这里！”

“姐姐在看店。所以你不要担心钱的问题。而且姐姐也给素媛买玩具了。”

“那么素媛呢？谁来照看素媛？”

“有的时候我来照看，有的时候素媛外婆来照看。你不要担心。”

“行了，你走吧！”

素媛爸爸转过身不再理会她。民昭虽然还想继续，但遭到了明确的拒绝。这样的对话在他们之间一直重复着。一个说要出院，而一个坚决说不能出院，到今天为止这样的对话已经整整一个月了。这期间素媛爸爸咬着牙努力恢复着。现在可以说除了精神上的问题外，所有的机能都恢复了正常，甚至比以前还要健康。他不但戒了烟戒了酒，三餐也变得准时规律。所以不但没有瘦下去，反而变胖了许多。就连事故发生后患上的胃溃疡都彻底地治好了。

“学长,只要再忍10天就好。到那时我一定会让你出院。我发誓。”

“真的吗？只要再过10天你就放我走？”

“是的，我保证。”

素媛爸爸回过头，向民昭伸出小手指要求拉钩。

“只要再过10天就能见到素媛和素媛妈妈了。嘿嘿，民昭！我们一起来做游戏吧！”

与此同时素媛妈妈正上网努力查找着什么。她想要找到和素媛爸爸一样的人。但是不管她怎么努力寻找，最后都没能找到相同的案例。

20天前，民昭为素媛爸爸做了智能测试。那天天已经很晚了，素媛已经睡着，而她还依旧醒着。此时民昭打来了电话:“因为实在没有勇气当面对姐姐说。”

无须多言，听到这里，素媛妈妈便已经明白了。

“学长现在的智商水平和素媛差不多，8岁左右的样子。但失忆只是暂时的。只要记忆回来了，那么智商也会恢复正常水平，而且恢复的可能性还是很大的，所以姐姐你一定不要放弃希望。此外，因为学长是自主选择的失忆，所以痊愈概率还是很高的。这只是他所选择的一种自我防御手段而已，当他感觉以这种状态无法应对现状的时候，自然又会选择其他方法。”

虽然听了民昭的专业解释，但素媛妈妈还是十分绝望。因为从现在起她必须要学会面对现实了。所以从那之后，她开始去看店。每天出门前她就把素媛托付给民昭，下班后再将素媛从外婆家接回来。

看店看起来很轻松，但却是一场没有硝烟的战争。素媛爸爸整理的资料厚得像一座小山，对完全不懂 Excel 和 PowerPoint 的她来说，就连每天最后的清算都很难。就单单如何使用刷卡机这一项，她就向隔壁便利店的临时工足足请教了 30 分钟。

即便如此，她还是以惊人的速度适应着。因为实在没有其他立足之地，所以她必须比那些彻夜复习考试的高考生还要用功。这样过了大概一周的时间，事情渐渐上手。而她依旧没有丝毫喘息的机会。因为除了工作外，她还要为素媛和素媛爸爸发愁。她每天都是脑袋里想着其他的事情，而手上则下意识地忙着店里的工作。想得越多，精神压力也就越大。她很想知道当初素媛爸爸是不是也像现在的自己一样每天想很多东西，有很多困扰。例如只要看不到素媛就会不安，就会焦躁？担心素媛是不是哭了？是不是找自己了？是不是又开始失眠发脾气了？排便袋有没有人换？有没有哪里不舒服？每当这时，她都会给素媛的外婆打电话。而素媛爸爸当初连电话都不能打，他又是怎么克服的呢？这样一想，她似乎理解了素媛爸爸的心境。她开始发现对于很多东西，经历过和没有经历过感受是完全不同的。

素媛妈妈想起了电影《记忆碎片》。这是她怀上素媛前最后和素媛爸爸一起看的电影。从某种程度上讲，她和素媛爸爸是因为电影才走到一起的。因为除了电影外，似乎就再也没有什么其他特别的回忆了。这部电影比任何一部电影都要细腻，有很多部分要仔细思考才能领悟，所以当时为了解开电影中的种种疑问，她想了整整好几天。

电影讲述了妻子遭受性侵并被杀害后，丈夫因此患上失忆症的故事。他的记忆只能维持10分钟。但即便这样，他还是踏上了寻找犯人的征程。因为记忆只有10分钟，所以他不得不用照片、便签甚至是文身来做记录。

电影中的男主人公因为记忆的短暂而感到不安与痛苦。素媛爸爸大概也是如此吧。两个人的经历虽然不完全相同，但很相似。人们不是都说电影是对生活的再创作嘛。主人公因不安而近乎疯狂，素媛爸爸又怎能不是如此呢？他一定在人们不知道的地方胡思乱想，并因为这种胡思乱想而感到痛苦不堪。

“我到底在做什么？不仅是追赶，原来还有这种被追赶的感觉。”

突然电影中的这句台词与素媛爸爸的样子重叠起来。大概他也是这样追赶着记忆，又在瞬间被记忆追赶着吧。一想到这里，素媛妈妈就心疼不已。

素媛妈妈开始站在素媛爸爸的立场上回想起过去发生的很多事。在那个家伙闯入进来以前，他每天都在努力地工作着。他看着一天天提高的营业额，坚信会给母女两人带来更加幸福的生活。但是自从事情发生以后，接待再多的客人，赚再多的钱对他来说都变得没有任何意义，也感受不到任何幸福。就像现在的素媛妈妈，每天活在空想中，每天以怨恨和愤怒度日。

想到这里，素媛妈妈一下子坐在了地上。素媛爸爸当时到底承受了多少东西，才会那样做，才会选择自杀？现在她完全明白了，明白了素媛爸爸在醒过来后为什么会自己选择失忆，选择做个小孩。

素媛妈妈就这样呆愣愣地坐在地上。“老板，麻烦你结账。”直到有客人过来拍了一下她的肩膀，她才脸色苍白地向收银台走去。结完账后她又重新开始揣测起素媛爸爸当时的心情。她就那样坐在椅子上托着腮，第一次站在素媛爸爸的立场上为他辩护。但，突然响起的电话铃声打断了她的思绪。

“您好，这里是文具城。”

“姐姐，我是民昭。”

“啊！民昭啊。有什么事吗？”

“我今天想见见你。有点事情要对你说。”

“噢？”

“是关于学长的。我下班后去你家。我会去接素媛的，你只要早点关门回家就行了。”

挂断电话后，素媛妈妈自言自语起来：

“是啊，现在不是整理立场的时候。‘现在’才是最大的问题。”

朴民昭领着素媛首先到了家。素媛边喊着妈妈边躺到了床上。民昭给她倒了牛奶，素媛就像小鸟一样小口小口地喝了起来。而她则在一旁给素媛读故事。正当故事内容讲到高潮的时候，门外响起了按铃的声音。素媛一下子从床上坐起来，向外跑去，民昭则跟在她的身后。

是素媛妈妈回来了。她一进门就抱起了素媛。

“今天姐姐有点晚了呢。我们已经等了你一会儿了。”

朴民昭笑着走到她身边。

“对不起，有点堵车。等很久了吗？”

“没有，姐姐你先哄素媛睡觉吧，我们一会儿再聊。”

说着民昭进了厨房，驾轻就熟开始烧水。素媛妈妈带着素媛回到房间。热水沸腾后，民昭给自己沏了咖啡，给素媛妈妈则沏了一杯茶。

在她已经快要喝完咖啡的时候，素媛妈妈终于从素媛房间中走了出来。沉浸在自己世界中的她发现茶已经凉了，又烧了一壶热水。跟刚才一样，她还是给自己沏了一杯咖啡，给素媛妈妈沏了一杯茶。

素媛妈妈虚掩上房门，来到餐桌旁坐下。

“姐姐喝吧。”

她安静地递上茶杯。素媛妈妈双手接过来尝了一口。接着她们就进入了正题。

“姐姐，你还要继续到店里上班吗？素媛需要你。现在她的病情又有了一点反复，而且学长现在也强烈要求出院。”

“我没有办法，实在不知道要怎么办才好，现在这样应该已经算是最好的方法了。素媛痛苦我也很难过。但事情总有轻重缓急，现在太难了。”

“姐姐，就将店还交给学长吧。”

听了民昭的话，素媛妈妈满脸疑惑。

“我想了一整天。现在学长虽然有智能障碍，但他本人很不想妥协。因此我觉得学长是很有希望好转的，现在说绝望还为时尚早。学长，现在有很强烈的意愿想要和素媛、姐姐一起生活，所以姐姐你的作用很重要。钥匙就在你手上，你是这个家的中心，只有你能带着大家走出现在的困境。”

素媛妈妈浑身像通了电流一般。“成为家庭的中心……”朴民昭的话既给她带来了希望，也给她带来了负担。这让她惴惴不安。

“我能做好吗？”

面对素媛妈妈对自己的质疑，民昭却十分肯定：“嗯，一定能够做好。”虽然她希望民昭能够用“一定能够重新找回幸福”来安慰她，但民昭却选择了更加坚定的回答。

“一定要做好。因为你是素媛的妈妈，是深爱着学长的妻子……”

民昭走后，我烦恼了很多天。民昭没有告诉我方法，只是说素媛爸爸可以正常工作，要我给他力量。但具体要如何做，我依旧感到很迷茫。

又一周过去了，我还是一如既往地代替着素媛爸爸在店中忙碌。今天感受到的痛苦，明天也一样在继续。没有未来的生活，就像一条看不到前方的夜路。素媛爸爸大概也是如此吧。在千篇一律的生活中，失去了家庭这一依靠，感觉一切都失去了意义。没有快乐、没有意义，比身处地狱更加难熬。

在这期间，我学会如何整理账簿，如何摆放商品，结账也渐渐娴熟起来。但是，我还不能完全适应素媛的痛苦，以及素媛爸爸的变化。现在对我来说，究竟需要什么？又要怎么做呢？

每天我的思绪都全部围绕着素媛和素媛爸爸两个人。不论是吃饭的时候，还是休息两三个小时后拖着疲惫的身体去上班的时候，脑海都只有他们。

而其他的所有行为不过都是在下意识里完成的。电话再次响起，铃声使我紧张起来。来电竟是从来没有先给我打过电话的妈妈。接起电话我没有叫妈，而是先问“有什么事？”但妈妈似乎比我还急。

“素媛……不但一直大喊大叫，而且见到什么都往嘴里塞……”

这样的情况已经很久没有出现过了。我拿着手机就向外跑。计算着到千户洞的距离，我选择了最快的小路。因为开车技术还不娴熟，所以我选择了乘出租车。

上了车便叮嘱司机一定要用最快的速度带我回家，同时不忘叮嘱电话那头的妈妈：

“妈，您冷静一点，抱住她，然后给她唱歌。”

“嗯？你说什么？”

“我叫您抱起孩子给她唱歌！就是边唱边晃！要不然素媛会死的！快啊，快！”

不知不觉说话的声音开始越来越大。司机师傅应该也意识到了问题的紧迫，所以加快了速度。

“妈，您把电话给素媛。快点给素媛，快点！”

妈妈并没有计较语气的不敬，而是以最快的速度按我所说的做，将电话放在了素媛的耳边。

“素媛啊，是妈妈。今天也想唱歌吗？”

是疯了吗？我用与刚才截然不同的温柔的声音哄着素媛。

“妈妈正在回家的路上。素媛今天都玩了什么啊？妈妈给你唱歌好不好？”

说着我便开始唱起童谣，并随着歌曲律动起来，盼望着素媛能够感受到我的殷切。

但心灵相通似乎并不存在，神也不存在。素媛还是哭哭啼啼不发一言，这让我毛骨悚然，素媛的突发状况并不可怕，可怕的是那个人所带来的恐惧依旧残留在我们的生活中。

千户洞就快到了，我的双腿不听使唤地颤抖着，身体也因为刚才的律动而大汗淋漓。但是我不能停下来，一旦停下来，就会哭得不能自已。我必须一直坚持到家，坚持到见到素媛为止。

出租车一到站，连找零钱都顾不上就向家跑去。电梯要等好一会儿，我二话不说就开始爬楼梯，同时当然还是一刻不停地通过手机给素媛唱着儿歌。我必须控制自己的呼吸，因为害怕粗重的呼吸声会让素媛重新想起那个家伙。似乎是从很远就听到了我的歌声，妈妈早早地就打开了门。

我连鞋也顾不得脱就冲进了家门，一下子抱起正在暴饮暴食的素媛。尽管素媛继续吵着要吃零食，但我却不顾素媛的挣扎，抱着孩子大声地唱着童谣。妈妈看到我这个样子站在旁边抹着眼泪，而我依旧一心哄着素媛。

大概是因为太久没有宣泄过，所以素媛久久没有安静下来。一边哭，一边要零食，撒泼要赖用尽了浑身解数。而我的脸上湿热着，不知道是泪还是汗。但是声音的颤抖还是告诉我，我的确是哭了。

然而我必须忍住，这个家不能连我也动摇。我用手掐着大腿让自己清醒，用更大的声音、更大的动作跳着唱着。30分钟过去了，一个小时过去了。邻居不知道家里发生了什么事，烦躁地过来按门铃。但是这一切都不算什么。不管别人怎么看，不管以后能不能再发出声音，只要现在能让素媛安静下来，我愿意像小丑一样、像哑巴一样地生活。即便那样我也是幸福的。

不知道素媛是不是感受到我这一个多小时疯狂举动背后的殷切，她渐渐安静下来，并悄悄对我说：

“好热。”

“噢？嗯，原来素媛热了啊。那我们去睡觉好不好？”

我带着素媛回到房间。素媛安静地躺在床上。而我就那样在床边轻声地唱着催眠曲。嗓子已经不是自己的了，声音嘶哑，还有一股血腥的味道。

最后素媛好不容易睡着了。

处于兴奋状态的我准备去医院看望素媛爸爸。我再也不能对素媛这样不管不顾了，独自一个人承担这些对我来说太困难了。之前我之所以一直不来找素媛爸爸，是因为还不能接受他，誓死不愿将整个家交给这么一个像小孩子一样的人。但是现在我来了，堂堂正正地来找他，没有一丝一毫犹豫地打开了病房的门。

而他正一脸泰然地看着动漫。看见我进来后。高兴地跳下床跑过去。但是我推开他并给了他一个耳光。他眼含泪水望着我，手还扶在红肿的脸上。

“你现在在做什么？你在这里做什么？”

“老婆……”

“你在干什么？还不赶紧去上班！现在就换衣服去挣钱！”

他大哭起来，但还是乖乖地开始穿衣服。看到这个样子的他，我的怒火再也抑制不住，一把抓住他的衣领，疯了似的摇着他破口大骂：

“你怎么变成这副模样！为什么在这里掉眼泪？还不如死了算了，我自己也能重新站起来！你怎么不死了，让我彻底没有依靠！还不如就那样死了，不给我留一点希望！”

“老婆，我错了，我错了。”

不知所措的素媛爸爸只是一味地道歉，就算身体被晃得厉害，也只是苦苦地求饶。我能看得出他是真的在请求原谅，但是他这样做让我更为恼火。如果知道现在是这个样子，那当初为什么还要选择逃避？怒火吞噬了我，眩晕与头痛一起袭来。而他还在求饶，像个求妈妈原谅的孩子，撒娇似的握着我的手。我愤怒冷酷地甩掉了他的手，他像是被吓到了，向后退了一步。

“你做错什么了！你现在做错了什么！你知道吗？你知道我们为什么会变成现在这样吗？你以为逃避就行了吗？你一个人逃了，那要我们怎么办？”

最后我累得坐在地上。护士跑了进来，但是谁也无法阻止这一切。我用比之前更加沙哑的嗓音开口说道：

“《记忆碎片》你还记得吗？我们一起看过的电影。电影里有这么一句话：‘就算闭上眼睛，这个世界也不会消失。记忆不是记录而是解析。记忆不但能够改变房间的构造，也能够改变车的颜色。’”

素媛爸爸仿佛对我的话无动于衷，只是和我一起坐在了地上，一味地哭泣。

我一下子泄了气，就那样望着素媛爸爸，然后抬起手为他擦眼泪。我抽泣着说道：

“还有这样一句话。如果对自己说谎能让自己幸福……那就尽情地说吧。”

我愣愣地看着他。而他依旧像个孩子一样在抽泣。难道是我听

错了吗？是错觉吗？

“你刚才说了什么？刚才，说了什么？”

“我错了，老婆，我现在就去上班。”

素媛爸爸边说边穿起衣服来。

第五章·幸福的那边

我常常会不受控制地发火，然后暴饮暴食。有时我也会因为害怕排便袋破掉而不敢睡觉。我其实很害怕高个子的人，因为有个叔叔伤害了我……

为了说服素媛爸爸，素媛妈妈下了很大功夫。每当素媛爸爸二话不说就闯进家里的时候，她就会以素媛生病的借口阻止他，而当素媛爸爸要求通话的时候，她又会花费好几个小时的时间才能让素媛爸爸放弃。

最终素媛爸爸还是同意回到原来的一居室。不过素媛妈妈每天都会过来给他送饭，并在经过文具城的时候给他讲一讲素媛的情况。

朴民昭并没有什么明确的治疗方法，只是每周过来看看素媛爸爸的情况。

素媛妈妈给素媛爸爸送饭至今已经有3周的时间了，而素媛也正在渐渐恢复。虽然对男人的恐惧还没有完全消失，但是行动障碍已经减少了很多。可以说较之前好转了很多。

此外，素媛爸爸也没有再像从前过得那段痛苦。因为每天仅仅是听听关于素媛的消息就已经很满足，吃着素媛妈妈送来的饭菜更是感觉快乐。

虽然智力水平下降了，但是生意上的事情他依旧手到擒来。要说有什么与以前变得不一样了，那就是他变得更加爱笑了，对待客人也更加热情了。结账和整理还是一如从前的娴熟。因为是文具城，所以没有很多需要与人打交道的地方，大家一般都不会察觉出他较之前有什么与众不同。

只是让一个“孩子”长时间待在店里还是很勉强的一件事，素媛爸爸不但会提前下班，还会在店里看动画。

相较而言素媛妈妈的问题更大。虽然目前素媛的病情已经渐渐好转，但一家人的未来还是很不确定。素媛妈妈的失眠症状一点没有得到改善，对她而言，素媛爸爸带来的压力丝毫不亚于素媛。当然还有一些连她也没有认识到的压力。

素媛妈妈渴望能够找到解开这团乱麻的方法。所以她每天都要和民昭通话好几次，将素媛托付给她的同时，也向她进行各种心理咨询。但是就算她想破脑袋，也还是找不到什么更好的方法。

最后，素媛妈妈还是下定决心先制定计划。在她看来没有比家庭的和睦与幸福更重要的事情了，而当务之急就是要让素媛重新敞开心扉。为此她每天都在思索，头痛也是一天不落地跟随着她。

就在她为了寻找对策而苦苦挣扎的某一天，她像往常一样将素媛送到民昭那里后去找素媛爸爸。

“Hey!”

素媛爸爸突然拦在门前，还摆出了一个动画人物的造型，而他所穿的衣服也与漫画中的人物一模一样。

“什么啊？你这是从哪儿蹦出来的？”

“进货时老板送我的，说是新上市的。怎么样？适合吗？”

“难道不是买的吗？谁会将这个白白送人？你老实交代！”

素媛爸爸迟疑了一下，素媛妈妈瞪着他教训道：

“没错，一定是你买的。为什么要浪费钱买这个？”

素媛妈妈开始唠叨。她害怕如果客人们知道了素媛爸爸的情况，会在买东西的时候少给或者不给钱。现在批发商中间已经传开了，记者们也嗅到了味道，发了很多篇猜测的新闻。为此素媛妈妈要做的事情又增加了。她不但要确认进货发票，还要查看交易明细。庆幸的是，这些都是以前经常打交道的供应商，所以没有一个人占小便宜。

实在忍受不了素媛妈妈唠叨的素媛爸爸捂上了耳朵，唱着动画片的主题曲学起里面的人物动作来。

大声唠叨的素媛妈妈看到后突然产生了一个想法，她拉过素媛爸爸坐下来，眼中闪着光。

“你想成为哆啦 A 梦吗？”

“嗯！”

素媛爸爸一副你明明知道还问我的表情，用力地点着头。

“那你试着写封信给素媛，以哆啦 A 梦的名义。”

“为什么？”

“你不是说想要成为哆啦 A 梦吗？这只是一个好玩的游戏而已。从现在开始你就是动画片的主人公，而素媛就是动画片中的哆啦美。怎么样？”

“那么素媛就是哆啦美啦？”

“对，哆啦美就是素媛。你就给哆啦美写信，每天都要写，因为哆啦 A 梦最喜欢哆啦美了。”

“比起哆啦美我更喜欢素媛。”

“哆啦美就是素媛。所以你给哆啦美写信，素媛就会看到。”

可能是有些混乱，戴着玩偶面具的素媛爸爸歪着头不说话。接着素媛妈妈又问他：

“素媛是谁？”

“素媛是我女儿。”

素媛妈妈拍着他的肩膀，像哄儿子一般地耐心解释着：

“素媛是哆啦美。”

“不是我女儿吗？”

素媛妈妈想了一会儿，觉得还需要其他解释才行，因为素媛爸爸现在表现得很不安。

“素媛改了名字，现在她叫哆啦美。而且以后你的名字也改成了哆啦A梦，从今天起你就叫哆啦A梦了。”

“我不是素媛爸爸吗……那我不要当哆啦A梦，我要当哆啦美爸爸。”

素媛妈妈有了一丝犹豫。突然她想要确认什么似的，直勾勾地看着素媛爸爸问道：

“想要成为哆啦A梦，还是想要成为素媛爸爸？”

“素媛爸爸。”

没有一秒的迟疑，素媛爸爸摘掉了面具。在他听来，素媛妈妈让他成为哆啦A梦的话仿佛就是要让他放弃做素媛的爸爸。接着素媛妈妈又提出了其他问题继续试探：

“那么是叫你的名字好呢？还是叫你素媛爸爸好呢？”

“素媛爸爸。”

素媛妈妈听后身体开始不受控制地颤抖，声音也激动起来。

“那么……我是谁？”

提出这个问题对素媛妈妈来说非常难。她从来没有想过会问素媛爸爸这个问题，因为自从素媛出事后素媛爸爸就一直怨恨她。但此时素媛爸爸却斩钉截铁地回答道：

“素媛妈妈。”

这句话让素媛妈妈热血沸腾。她咬着牙抱紧了素媛爸爸：

“我是谁？”

“素媛妈妈。”

“那么你是谁？”

“素媛爸爸。”

“我是谁？”

“素媛妈妈。”

“那么你是谁？”

“素媛爸爸。”

“呵呵，我是谁？”

“素媛妈妈。”

“哈哈，你是谁？”

“素媛爸爸。”

素媛妈妈的身体剧烈地战栗起来。这期间她不知道有多想得到素媛爸爸的认可！所以现在的她感动得无以复加。是的，他们当然是素媛的爸爸妈妈。但之前她无法问出口，虽然很想得到认可，但畏惧与自责使她退却了。

除了身份的认可以外,她还想得到另外的认可。在挣扎很久之后，她才开了口：

“那我们……是什么？”

这次素媛爸爸回答得也没有一丝犹豫：

“家人，我们是一家人。”

素媛妈妈带着素媛到医院去找民昭。看到素媛妈妈红肿的双眼，民昭满脸震惊:“怎么哭了？”

“因为素媛爸爸。”

“为了什么事？”

“他说他是素媛爸爸。他亲口说自己是素媛爸爸，说我是素媛妈妈，说我们是家人。”

她们来到休息室。素媛妈妈将下午在文具城发生的事转述给民昭。听到哆啦A梦和哆啦美这段时，民昭一下子抓住了她的手。

“姐姐，这是个不错的主意呢。大概是素媛最容易接受的一种方法了。用动画人物的方式接近她，很有可行性。一会儿我去找学长谈。”

“只要清楚地知道自己是素媛爸爸、是孩子的爸爸，那么不管智商水平如何下降，也一定不会放弃的？对吧？”

素媛妈妈急于得到肯定，焦虑的心情就像站在分岔路口向人问路。

“姐姐，我仔细想了为什么学长会变成这样。虽然没有什么科学依据，也不知道具体是什么病，但有一点是可以肯定的。”

素媛妈妈焦急地等待着她接下来的话。

“这是一种父爱带来的自我催眠。一开始我还怀疑‘是否可能’，但现在我可以很肯定地说就是这样。那种强烈的要与家人在一起的情感使他虚构出了另外一个素媛。学长正是因为太过想要和素媛在一起，所以出现智障的现象。正是父爱造成了这种医学尚且无法解释的情况。虽然姐姐选择用母爱的力量与现实作斗争，但学长却选择以父爱的方式否定现实，进而将自己变成了孩子。因为他太想要了解素媛，太想要知道素媛的所思所想。”

“可能吗？”

“不是那样确定。既无法证明，也没有可以证明的材料，但是我能够感觉到。姐姐也是吧？”

听了民昭的话，素媛妈妈不知不觉翘起了嘴角。

“对，我也感觉到了。虽然不能表达出来……毕竟科学尚且无法解释。”

素媛爸爸关上店门后开始认真地写信。素媛妈妈的话至今还回荡在他的耳边。

“如果想要继续做素媛爸爸，就必须成为哆啦 A 梦。想素媛的话，就写信。只要能写到 100 封，那么就能见到素媛。记住是 100 封。如果不喜欢哆啦美，也可以直接写给素媛。但是，不能以素媛爸爸的名义来写，因为你是哆啦 A 梦。如果不能做到，那你就不能继续做素媛的爸爸了。我每天中午会来收信。你要穿上哆啦 A 梦的衣服，我会给你拍照。”

素媛爸爸二话不说就点头答应下来。为了写信甚至连最喜欢的动画片也不看了。以前素媛爸爸并不擅长写作，连给素媛妈妈写一封情书都要足足酝酿一整天的时间，而且还是以东拼西凑结尾的。

但现在的他仿佛有说不完的话想要写出来。一张、两张……不一会儿就写满了整整五大张纸。

全神贯注的素媛爸爸写得大汗淋漓，丝毫不受外界的干扰。天渐渐黑了下来，而他还在继续写着，连灯都忘了开。“以后我们就这样每天写信吧。我会等着素媛回信的哦，再见！”写到这里素媛爸爸犹疑了，不知道该不该写上自己的名字。

他是那么想在落款处写上“爸爸”或“素媛爸爸”。对仅有八岁智能的他来说，想要守住秘密是很难的。为此他犹疑了很长时间。

不知道过了多久，天已经黑到再也看不见信上的字。滴答、滴答……有什么东西掉落在信纸上，素媛爸爸抽泣的声音在店内回响。

“我想你，素媛。我好想你。我不想成为哆啦A梦，我想写上我自己的名字。”

小声抽泣最后变成了大声痛哭。泪水不停地滴落在信纸上。素媛爸爸将被泪水打湿的信扔到垃圾桶里又重新写了起来。

虽然是完全不同的内容，但他依旧写得很顺畅。可泪水还是会不断地在信纸上洇开。他就这样写了扔，扔了写，一直到眼泪流干为止。

“我不喜欢泪水碰触皮肤的感觉。我不喜欢素媛妈妈哭，更不喜欢素媛哭。我希望不论是我，还是素媛妈妈，抑或是素媛都永远不要再哭泣。”

这绝对不是一个仅有八岁智商的人能够说出来的话。所以从某种程度上来说这大概就是父爱创造的奇迹吧。

自此我又多了一件事要做，那就是将素媛爸爸所写的信以及我拍的照片交给素媛，然后再将素媛的回信与素媛的近照交给素媛爸爸，现在真是连邮递员的工作都做了呢。最初看到素媛爸爸的信时我着实大吃了一惊，因为单纯从信的内容来讲，已经远远超出了一个八岁孩子的能力范围，甚至与之前写给我的情书不相上下。

素媛爸爸写的第一封信我并没有交给素媛。因为信的内容实在太长太乏味，根本不适合拿给小孩子读。所以我苦口婆心地向他劝说了一番，告诉他哆啦A梦不会这样写信，太长的文字反而会让素媛感觉有负担。听完我的劝说，他又坐在桌前重新写了几封信。在我反复的叮嘱下，信终于有了些样子。随后我便将信和照片一并交给了素媛，收到信的素媛很是吃惊，既激动，又疑惑，反复地问我是不是哆啦A梦写的。我信誓旦旦地向她保证，并劝说素媛回信给哆啦A梦。没想到素媛竟然提出和我一起出去买信纸。

素媛写信写得很认真，但对于拍照的要求却拒绝得很彻底，似乎很排斥看到相片中的自己。也是，哪有事情一开始就一帆风顺的呢！能够写信就已经是很大的进步了。

一周后素媛终于同意我为她拍照，大概是被素媛爸爸的坚持不懈感动了吧。素媛爸爸在信中一直写自己很想见见素媛，并附上了各种姿势的哆啦A梦照片。但是素媛拍照时仍然很不自然，所以我一边为她拍照一边出点子，例如："素媛，做个哆啦美的表情？"

"哆啦A梦会喜欢吗？"

"我们素媛可比哆啦美漂亮多了，哆啦A梦一定会喜欢的。"

受到鼓舞的素媛终于露出了比哆啦美还要可爱的表情。将素媛交给民昭照看后，我紧接着就去找素媛爸爸了。太想让素媛爸爸快快看到这些照片了，这已经是第几个月了呢？事件发生后，素媛爸爸有多长时间没能见到素媛了呢？一想到素媛爸爸看到照片的样子，我就不禁心跳加速，恨不得一口气跑到文具城。打开店门，正要将信和照片交给素媛爸爸的时候，店内装潢的改变让我大吃一惊：俨然一幅《哆啦A梦》动画片中的景象。

"老婆你来了？"

戴着哆啦A梦面具的素媛爸爸看到我后很是高兴。

"这是怎么回事？"

“嘿嘿，哆啦A梦当然要生活在这种地方啦。你不知道吗？我是哆啦A梦，所以我要生活在这种地方才行。帅吧？批发店老板帮我弄的。”

“啊！”

我看着素媛爸爸敷衍地啊了一声。不过做得的确很精细。15平方米大小的地方，和动画片中的背景几乎一模一样。角落里50多岁的批发店老板还在做着最后的收尾工作，我向正在粉刷墙壁的他点头问候，表示感谢。

“谢谢您。真的很漂亮。”

“当然要帮了。作为父母，更作为孩子的父亲。”

“由衷地谢谢您。”

说不出来的感动。老板拍着我的肩膀说道：

“昨天我来盘货，素媛爸爸给我看了这部动画片，说是素媛最喜欢的，还问我怎么把这里布置成动画片里的样子。虽然一带而过，但是我也见到过素媛几次，就这样置之不理心里很不是滋味。所以我昨天仔细看了看那部动画片，让隔壁油漆店的老板给我选了墙壁的颜色。他今天也来了，刚才才走，去送货了。”

老板的话还没有说完，又有人推门走了进来。我还没来得及回头，老板就迎了上去。

素 媛

“哎呀！是我老婆来了呢。”

老板夫人拿了一大包东西进来，我向她点头问好。

“素媛妈妈也来了啊，幸亏我多带了一些。”

我们将报纸铺在地上准备一起用餐。老板夫人解开包裹拿出里面的饭盒。素媛爸爸最先开动起来。

“哇，一定很好吃！”

我帮素媛爸爸打开他面前的饭盒，一起吃了起来。老板夫人将去了刺的鱼肉放在我碗中，心疼地对我说：

“多吃一点。怎么这么瘦？一定要按时吃饭，这样才能有精力，才能重新幸福起来。”

“谢谢您。”

“谢什么。大家本来就应该这样你帮我我帮你。如果是我的女儿，如果真是我的女儿……”

说着说着老板夫人用袖子擦起眼泪来，老板看不下去了：

“你这人！真是口无遮拦。素媛妈妈，你快吃。别理她！”

说着还夹了一块泡菜放在我的碗中。随后我又给老板和老板夫人各夹了一些菜，最后还给素媛爸爸夹了几块泡菜。

“不要总吃肉，泡菜也要吃，不能挑食。”

有多久了？有多久没给素媛爸爸夹过菜了？就算是素媛出事前，除了刚刚结婚的那段时间，似乎也没有过。我为什么就没有发现呢？素媛爸爸高兴地吃掉了我给他夹的泡菜，老板和夫人都露出了欣慰的笑容。

“这比整天喝醉酒的时候可要好多了。”

老板笑着又给素媛爸爸夹了一些菜。

一家人，围坐在饭桌前一起吃饭的时间是多么宝贵。为什么我一直没有认识到这一点呢？

这顿饭我们吃得特别慢，饭后还一起饮了茶。用餐完毕后，我将素媛的回信和照片拿给了素媛爸爸。

老板夫人一看到照片夸赞个不停。

“哎哟！有模有样呢！漂亮，真漂亮！我们家仁静小时候可没这么漂亮！真好看！”

老板也跟着附和。

“还是那么可爱呢。老婆，我们家的孩子啊，长得像咱们俩。你再看看素媛妈妈和素媛爸爸，多漂亮多帅！我们闺女啊，看来只能在学习上多下功夫了，哈哈！”

听到对素媛的夸赞，我由衷地高兴。但素媛爸爸突然抽泣起来：

“素媛，我的素媛。”

老板握着他的左手，老板夫人心疼地握着他的右手。

“素媛爸爸，为什么哭啊？一会还要照相呢，还差一点就完成了。我们快点弄完，来个帅气的哆啦A梦造型怎么样？我给你照。”

虽然老板试图转移注意力，但素媛爸爸没有停止哭泣：

“素媛……素媛，我的……女儿。这世界上……我最爱的……我的女儿。素媛……”

哭着哭着素媛爸爸突然站起来。他又去写信了。过了一会儿，素媛爸爸交给我两封信，一封是写给素媛的——《致素媛》；另一封则是写给我的——《致素媛妈妈》。素媛爸爸，他终于承认了，他叫我素媛妈妈，我还是素媛妈妈。素媛爸爸的信对至今无法原谅自己的我来说显得弥足珍贵。

致亲爱的素媛

照片我收到了。我很欣慰，看到素媛似乎就有力量了呢！这是我住的地方，看到了吗？我和哆啦美一起住在这里。昨天我一整晚都没有睡，因为忙着给素媛写信。素媛你现在在做什么？吃饭了没？睡觉了没？听妈妈的话了没？素媛现在有多高了呢？体重有没有增加？只要是关于素媛的，我都想知道呢。今天我突然很想和素媛一起去公园玩，一起玩捉迷藏。和素媛一样，我也很喜欢玩捉迷藏。今天我又上电视了。素媛你看到了吗？希望我们除了在电视上，在现实生活中也能见面。一想到素媛，就觉得很幸福呢。素媛你比哆啦美还要漂亮！哆啦美脸又大又圆，个子也不高。对了，我给你送了一个哆啦A梦人偶，希望你能够每天抱着他睡觉，这样我就能一直陪在素媛身边了。

今天素媛妈妈给我讲了很多关于素媛的事。说素媛是个坚强善良的孩子，希望哆啦A梦能够成为素媛的好朋友。原本我已经快困死了，但只要说起素媛的事情，我就很有精神，瞌睡虫也被我打跑了呢。每每想到素媛我都会很开心，希望素媛想到我的时候也能够开心。今天我吃了很多很多的好吃的。素媛你呢？我今天吃了泡菜和肉。虽然泡菜是我最不喜欢的，但素媛妈妈叫我吃，我也只能从命了。素媛也不喜欢吃辣的东西吧？我也是。但即便这样，素媛也不能够挑食哦！

每天我都是一个人睡。我很不喜欢这样，因为晚上会害怕。虽然哆啦A梦很勇敢，但也还是有点怕鬼的哦。素媛你呢？素媛晚上也会害怕吗？希望我们能够很快见面。要是素媛能够和哆啦A梦一起生活就好了，那样不用写信也能和素媛聊天了。我们快点见面吧，见面后一起玩。哆啦A梦会一直等着素媛，素媛也要常常想我哦。素媛妈妈马上要回家了，我就写到这里了，素媛要记得给我回信哦！

我爱你素媛！

全世界最疼素媛的哆啦A梦

致素媛妈妈

你总是中午匆匆地来了又走。什么时候我们才能一起生活呢？昨天晚上我想起了一部我们曾经看过的电影，叫作《天堂电影院》，但是内容记得不是很清楚，只记得里面有一位大叔和一个小孩。以前我们每天一起看电影，不是吗？其实我想和你一起看《怪物史莱克》的，但是现在你总是说担心素媛一个人在家而不能和我一起看电影。说实在的这一点让我有点讨厌呢。《天堂电影院》中有这样一句台词:"这讨人厌的夏天何时才能结束,在电影里它早已结束了。闷热的夏天过后紧接着就应该是凉爽的下雨的场景了呢。"真不知道为什么到现在我还记得这句话。

老婆啊，我要一直这样到什么时候呢?我很想素媛，也很想回家。在这里我很害怕，熄灯睡觉时总感觉会有鬼出现。我觉得自己恐怕不能坚持到和你约定的那一天了。如果能够像电影里一样一睁眼就是100天后那该有多好啊!为什么100天不能一下子就过去呢?电影里不都是一下子就过去了吗?

啊!还有这样的台词。真奇怪为什么今天一直想到这部电影呢。

人生和电影不同,它可比电影苦多了。电影毕竟不是现实,现实要比电影还残酷,还要残忍。所以不要小看人生。老婆，啊!头好疼。我到底在写些什么?我实在不明白我为什么要和素媛分开。虽然你已经解释了很多次，但我还是不懂。老婆你总说是我先逃跑的，太冤枉了。我并没有逃跑啊！我不是一直在努力工作吗？但是我为什么总会想到这些台词呢？老婆你能不能告诉我？

我不喜欢一个人。为什么我必须要一个人？

虽然不明白为什么，但既然老婆你说这样做才对，那我就听你的再忍耐100天。我勇敢吧！我也觉得自己很勇敢。

啊！我又想到了另外一句台词：

“队长问士兵，还记得原来这里有一架风车吗？”

“嗯，记得。”

“虽然风车没有了，但是风还在。”

我要睡了。老婆晚安。

深爱着你的哆啦A梦素媛爸爸

致我的朋友哆啦A梦

你好。收到你的来信了。哆啦A梦的生活真有意思。我也很想见到哆啦A梦，但是我的身体不是很舒服。和别人不一样，我必须每天随身带着一个脏脏的、奇怪的袋子。

本来不想告诉你的，因为怕你会因此讨厌我。但你一直要求和我见面，所以我还是不得不告诉你。

我不能正常地排泄大小便。它们都是被装在袋子里的，真的很脏很令人讨厌，对吧？有时我会因此而不想吃饭，也会因为害怕排便袋破掉而不敢睡觉。毕竟破掉后味道会很大。我常常会不受控制地发火，然后暴饮暴食。排便袋真得很令人讨厌。虽然哆啦A梦你很听妈妈的话，但我却是个坏孩子。每次发火时，我都喜欢听妈妈给我唱歌。虽然我也很想见哆啦A梦，但我又很害怕。哆啦A梦你的个子很大吧？动画片里看起来很小，但照片里你比妈妈个子还要高。我其实很害怕高个子的人，但这并不是说我也讨厌你。只是有个叔叔伤害了我，一个又胖又脏的叔叔。自从那个叔叔伤害了我以后，我总觉得身上有一种怪怪的味道。

你不会因为我很脏很不乖，就讨厌我吧？在你收到这封信之前，恐怕我都要睡不着了。因为担心会被讨厌。但妈妈说可以对朋友坦诚，因为朋友一定会理解，既然你是我的朋友，那么你一定能够理解吧？

我会努力做一个乖孩子。如果哆啦A梦能一直做我的朋友。

我很喜欢哆啦A梦送给我的人偶。我也想送给哆啦A梦一件礼物，所以今天让妈妈给你买了冰激凌，希望你能喜欢。虽然我也很喜欢冰激凌，但每次只能吃一点点。因为吃多了，大便就会变多。我不喜欢那样。你要多吃一些，和我成为好朋友吧。

希望你不要讨厌我。

哆啦A梦的朋友素媛

致我爱的素媛爸爸

老公，素媛现在正在读你写的信，我也读过了你写给我的那封信。《天堂电影院》，真的是一部很唯美的电影呢。你记得吗？那天正下着暴雨，我们俩都没带雨伞，于是一起冲进放映厅看了这部电影。你在一堆碟片当中找到这张碟片时，简直如获至宝。记得当时你对我说，这部电影，堪称是刻画人生的最佳影片。

我们在昏暗的放映厅里一起陶醉在电影当中。那天你第一次吻了我。你怎么能不记得《天堂电影院》中的这句台词呢？多么好的台词啊！

“试想一下，如果我们结婚了，会怎么样……也许，你不可能制作出那么多的好的电影了。”

如果改一下的话我想说：如果那天没有下雨，如果那天我们没有接吻，那么我们的宝贝素媛就不会出生。正是因为有了这些过往的日子，现在我们才能够和素媛在一起。

电影中还有一句这样的台词：

“时间总会流逝，但回忆不会消失。”

我们的回忆不完全美好。但那段日子却是我们两个人最宝贵的记忆。不论是有了素媛之后，还是在那之前，我都十分珍视我们两个人在一起的日子。你一定也是吧？我相信你会和我一样。如果不是这样，我大概会很伤心很挫败吧。

我们上一次写信是什么时候了呢？为什么之前的所有话我们非要亲口说出来呢？好像彼此越是熟悉，离文字就越远了呢！时间流逝，我们对纸和笔越来越陌生。写信就仿佛其他东西一样，流行了一段时间便消失了。

我们都忽略了一件格外重要的事情。那就是记录我们之间的爱，我与你的爱。你，真的让我领悟到了很多。

“现在我明白了。在第99天，我明白了士兵为什么会离开。因为他害怕，他不确定第100天公主会不会出现？”你也是这样吧？也很害怕？

老公，正像你所说的那样，我们是一家人。我们的相知相爱并不是恶俗的浪漫，而是注定的命运。除了爱，作为家人的我们还会一起分享其他情感。所以就算害怕，就算绝望比希望更大，我们也不能放开彼此的手。这便是家人存在的意义。

我们绝对不能放弃希望。这既是作为家人的义务，也是作为家人的权利。

“缘分是由天注定的。每个人都有每个人要走的路。”

你曾经对我说，我们就是上天注定的缘分。每个人都有每个人要走的路，但我们却能在路途中相遇并一起走下去，这是十分难得的。

最后我想问问你：

你，至今还是那样想的吗？

深爱着将家庭与爱情视为信仰的你的老婆

第六章 · 幸与不幸的差异

我将会把素媛痊愈的那一天作为我人生的纪念日。那天一定会到来，我已经开始在为迎接那一天而做准备了。

素媛妈妈与民昭正在医院里进行心理咨询。在窄小的办公室内，两人相对而坐。素媛妈妈的脸色依旧不是很好。要说与之前有什么不同，那就是她的眼神较之前更加坚定了。原本她是一个像受惊的兔子般脆弱的人，但现在她有了需要守护的东西。为了保护自己的孩子，所有的母亲们都会爆发出惊人的力量。不论前方是猛兽，还是死亡，精神的力量都会支撑着她们前行。素媛妈妈也是如此。虽然那个可恶的家伙让她感到了挫败，但即便存活的概率为零，她也会为了那微小得几乎看不到的希望而战斗。虽然接近于零，不，是已经被判定为零，但她仍然不会选择放弃。

说了很多医学上的问题后，朴民昭同情地望着素媛妈妈。

“现在已经好转很多了。不论是素媛，还是学长，两个人之间的距离也拉近很多。问题是姐姐，你必须放弃作为女人的权利。”

这样一番话让素媛妈妈不得其解。

“这是什么意思？”

“就是被爱的需求。女人不论年纪大小都有被爱的需求。但是就现在的情况来说，姐姐你必须放弃。”

素媛的话中既有同情也有安慰的成分。然而素媛妈妈听了之后笑了出来。说是无奈的笑，但似乎还掺杂了其他的感情。

“民昭，你知道我们到底失去了多少吗？”

“嗯？”

“我们失去了在一起的那份快乐。就像以前恋爱的时候，只是见到对方都会感觉幸福。但是幸福久了，我们就会变得麻木。不论是我还是民昭你，我们都是一样的。我问你一个问题。下班路上你会和老公打电话聊天吗？上次聊天是什么时候？”

“是啊……”

民昭仔细回想起来。但因为实在是太久以前的事,所以有些记不起来。

“因为知道下班后就会见面，因为知道对方一定在家里等着自己，因为知道对方一直会在自己身边。”

“大概是这样吧。不，的确是这样。他总是比我先下班，我下班的时候他已经在家了。”

“而且就算有时候可能会晚一些,但肯定还会回来的。不是这样吗？”

“没错，因为我们是一家人。”

“太理所当然的幸福让我们麻木，进而使我们错误地认为它已经消失了，但其实幸福一直都在。”

民昭频频点头表示认同。得到肯定的素媛妈妈不禁想要表达更多，就像一个知道藏宝地点而忍不住要将秘密讲出来的人一样。

“曾经我忽略了很多幸福。比如给心爱的人做饭的幸福、为心爱的人打扫的幸福、和爱人一起看电视剧的幸福、一起讨论社会热点的幸福、早晨睁开眼睛看到对方的幸福、与爱人一起旅行的幸福、一起共进晚餐的幸福。我错误地认为这些都太理所当然了，但其实这些都是得来不易的幸福，是任何东西也无法代替的……”

民昭看着再也无法享受到这些幸福的素媛妈妈，心里满是同情。

“现在姐姐再也享受不到这些平常人的幸福了，一定很伤心吧？”

素媛妈妈想都没想，就摇头否定。

“不，我并不伤心。现在我也很幸福。是女人就有被爱的需求……没错是这样的。得不到爱的女人和会呼吸的死人也别无两样。但是，素媛与素媛爸爸还在我的身边，我们还是一家人。素媛爸爸依然爱着素媛爱着我。情爱，是很重要。它能够让我们感受到自己是被爱的，但素媛爸爸现在恐怕对情爱毫无感觉吧？”

民昭僵硬地点了一下头，但素媛妈妈依旧在笑。

“得到意外横财的时候会是什么感觉？本来以为错过了公交车，结果却发现是车来晚了；或者走在路上突然听到了自己想听的歌曲。我现在的心情就是这样，每天都在感受着不期而遇的小幸福。”

“……”

“我相信素媛爸爸能够给我这种幸福。就像素媛在不断好转一样，素媛爸爸也会如此。”

民昭沉默了，既不肯定也不否定。但已经口干舌燥的素媛妈妈没有放弃继续说服她。

“那么这样说吧！信任，对家人的信任，对爱的信任，对人生另一半的信任。信任让我不再感到不安，不安只会阻碍我们前行。这并不是妄想，这是不变的真理。”

民昭沉浸在感动当中，再也无法反驳。素媛妈妈的话让她也得到了很多启示，她发现其实自己也在不知不觉之间忽视了很多身边的幸福。“除了这个就再也别无所求了”，但真的当愿望实现的时候，我们是否真的心怀感激，别无所求呢？是不是又会认为是理所当然呢？人们总是这样对他人、对自己缺少感恩。民昭小声念着什么。

“家人……”

“没错，家人。只要有家人在，我们就是幸福的。即便被践踏、被摧毁，但那仍是我们不愿逃离的围城。而且我们都很明白，这是我们自愿留下来的。我相信素媛爸爸也一定对此深信不疑。因为不能放弃，因为即便放弃也不能战胜自己的理性，所以自觉地选择了不放弃。浪变小了我们就可以重新出港，他也是这样想的。让理性暂时在港口内小憩，而一旦风浪变小，我们还是会义无反顾地重返大海。我相信素媛爸爸、相信素媛、相信我的家人。”

素媛爸爸每天都会给素媛写信，这是他一天中最幸福的时刻。而且有越来越多的人给予他们帮助。每天他都会收到很多快递，里面既有送给他的哆啦A梦面具，也有送给素媛的小饰品。其中大部分都是以匿名的形式邮寄的。每天一到11点，素媛爸爸便开始忙于查收各种快递。午饭时间，他与素媛妈妈就在拆看包裹中度过。

包裹中往往还会夹带一张小卡片。

有的写着“加油”，有的写着更为感性的话语。

——祝你们幸福。不论伤痛有多大，你们一定会战胜它。因为你们是一家人。

——希望与你们互相分享互相安慰。因为我们的存在，所以你们并不孤独。我们是邻居，是朋友，更是兄弟姐妹。

——痛苦，不过只是通往幸福的必经之路。

——没有希望便是绝望。但我相信素媛便是你们一家人的希望。

——人生的盛宴中总会有一两个醉鬼出现，但盛宴不会因此而中断。让我们一起来享受人生的盛宴。

——苦难是领悟真理的指南。素媛让我们成为了一体。我们也是你们的家人。

——喜欢。真心地喜欢素媛。我将会把素媛痊愈的那一天作为我人生的纪念日。那天一定会到来，我已经开始在为迎接那一天而做准备了。

——孩子的痛就是天下父母的痛。孩子的快乐就是天下父母的快乐。

——素媛重拾笑容的那一天，就是大韩民国重拾笑容的那一天。

——大家支持你们。你们是世界上最幸福的人，因为没有人能够像你们一样获得所有人的支持。素媛是一个伟大的孩子，她让大家成为了一体。

——之前我们已经分享了泪水，接下来我们将一起分享笑容。谢谢你们给了我一起绽放笑容的机会。

——素媛再次微笑的那一天，我们会为她举办庆祝仪式。素媛是能够给全世界带去欢乐的天使。

……

不知道素媛爸爸是否理解了这些话，他总是边笑边哭，而且愈来愈热衷于给素媛写信。

“就算写得手都痛了也高兴。嘿嘿。我以为痛只会使人难过，没想到痛也能够使人快乐。嘿嘿。”

看到每天都在好转的他们，我感觉三个人重新团聚在一起的那一天不再遥远。

素媛爸爸今天将信交给我的时候问我：

“老婆，素媛很痛吗？为什么会痛？为什么要随身带着袋子生活？”

如果是以前，被问及这些我一定会感到撕心裂肺的痛，一定会抱着素媛爸爸放声大哭，现在我却能够抱着素媛爸爸平静地告诉他：

素 媛

“所有人都会经历痛苦，都会在心里留下伤疤。只不过素媛比大家还要更痛苦一些。但是没关系。她的伤痛，可以由哆啦A梦你来治愈。”

“如果我一直扮成哆啦A梦，素媛就能痊愈？”

“嗯，没错。只要素媛痊愈了，你就能够重新做回素媛爸爸。”

“真的吗？我能够见到素媛？”

“嗯。到时候素媛不但会亲亲你，还会和你一起吃冰激凌。”

“哇，哈哈哈！”

素媛爸爸高兴得在店里跑来跑去。真没想到他会这么高兴。以前工作太累，他甚至都不怎么会跟素媛一起玩。有这么值得高兴吗？

有人曾经说过，有些东西是爱填不满的。说出这样话的人想必不是独身，便是经历过家庭不幸的人。因为只要有爱就能够填满一切，爱是打开幸福之门的唯一钥匙。

相爱。

得到爱。

付出爱。

我，会一直珍藏这份爱，并守护这份爱。

虽然守护爱的过程会很困难，但这不正是幸福的所在吗？所以即便困难，也万分珍贵。家人……是任何东西都无法代替的。

致我爱的素媛

今天我收到了很多礼物，是给哆啦A梦和素媛的。看来大家都知道我们是好朋友。现在素媛也和哆啦A梦一样有名了呢！给素媛的礼物我都已经交给素媛妈妈了。虽然有很多礼物我也很喜欢，但那都是人们寄给素媛的，所以我没有拿哦。希望今天素媛不要身体不舒服。听素媛妈妈说哆啦A梦可以治好素媛的病，只要素媛一直和哆啦A梦做朋友就可以很快痊愈。所以我们不要吵架哦！看到素媛的信我很伤心。为什么素媛会认为哆啦A梦会讨厌你呢？哆啦A梦是不会讨厌自己的朋友的。就算排便袋有味道也没关系，就算坏叔叔伤害了素媛也无所谓。因为我们是朋友。素媛你不用担心,我一定会治好你的。但是你说你很害怕见到我，真的很可惜。我可是你的朋友啊，为什么不愿意见我呢？真是太伤心了。如果能够见面，我们一定可以一起玩得很开心的。

哆啦A梦告诉你一个秘密怎么样？事实上，比起哆啦美，哆啦A梦更喜欢素媛。虽然哆啦美知道了会很伤心，但这的确是事实。素媛每天给我的照片我都有收好。看素媛的照片、给素媛写信要比与哆啦美一起玩有意思多了。现在我也在看素媛的照片,似乎长高了很多呢。要不了多久,素媛就要和我一样高了呢。

今天店里来了很多客人，很累。但是一想到素媛，我就又有了力气。所以素媛不要再害怕见到哆啦A梦，因为我可是素媛最好的朋友，我会尽快治好素媛你的。哆啦A梦说到做到，素媛你不用担心。素媛并不是坏孩子，我身体不舒服的时候也会发脾气。但素媛不能吃太多的东西哦，太胖对身体不好。这个可以答应我吧？如果再有礼物，我会告诉素媛妈妈的。

啊，对了！哆啦A梦想要自己送素媛一份礼物，送什么好呢？本来想送冰激凌的，但听说素媛妈妈每天都会买给素媛。素媛如果有想要的礼物，一定要告诉我。我会马上让素媛妈妈买来送给素媛的。

每次想到素媛都会很开心。素媛也要想着哆啦A梦哦，不要忘记我一直都陪在你身边。客人来了,先和你聊到这儿吧!素媛一定要给我回信哦。好想知道素媛想要得到什么样的礼物。

爱着素媛的哆啦A梦

致我最爱的老婆

我不明白老婆的话到底是什么意思。真的很头疼。有什么可怕的呢？士兵到底为什么在第99天离开呢？公主为什么不出来？不是本该出来的吗？那个士兵真是个傻瓜。公主第二天明明就会来见他，为什么士兵不相信公主呢？我这么相信老婆和素媛，为什么他就不能相信自己爱的人呢？要是我一定会再多等一天，因为公主一定会出来。公主比士兵还要可怜。在这100天里，知道士兵在等着自己，她本来多么开心啊！但最后士兵离开了，她该多伤心啊！老婆，你的信太悲伤了，一点也不有趣。以后不要写这样的信了。不过我们以后还是要多多写信给对方。我很喜欢写信，多给我写些有意思的故事哦。

老婆，最近每到入睡的时候，我都会想起曾经我们一起看过的电影。我们的时间好像都用来看电影了。既没有一起玩过人偶，也没有玩过其他游戏。而且为什么都是些没有意思的电影呢？不像《怪物史莱克》，都是一些奇怪的电影。昨天我突然想到了《肖申克的救赎》。不知道为什么

素　媛

就会想到这部电影，也许是因为主人公最后漂亮地处理掉了那些坏人吧。电影里主人公说过这样一句话：

“希望是美好的事物，也是世上最美好的事物。美好的事物从不消逝。”

为什么这句话会一直残留在我的脑海里？头好痛。虽然电影没有什么意思，但这句话很好，感觉很适合现在的我。我一整天都在重复这句话。虽然老婆你叮嘱我要早睡早起，但我真的睡不着，所以坐起来给你写了这封信。老婆，我的脑袋很聪明吧？嘿嘿。但是为什么一直忘不了这句话呢，难道我的脑袋很笨？

希望是美好的事物，美好的事物从不消逝。

老婆，我要睡了。你明天要早点来哦。

啊！对了！你问我的最后一个问题，我不是很明白。为什么问这么傻的问题？我们当然是家人，这有什么好问的。

爱着素媛和老婆你的素媛爸爸

致我的朋友哆啦A梦

因为今天妈妈回来得有些晚，所以晚饭后才读了你的来信。很高兴你把我当作朋友。实际我现在没有上学，所以没有朋友。因为身体不舒服，也没有继续上学。哆啦A梦你说要给我治病，治好病我就可以去上学了。但是真的比起哆啦美，你更喜欢我吗？我以为哆啦A梦会很喜欢哆啦美，真的很高兴你这么喜欢我。

我想要一个书包。哆啦A梦要是能够送给我就太好了。我问过妈妈了，什么事我都会先问问妈妈。她同意我接受你的礼物。给我买一个画着哆啦A梦的书包吧，要是没有哆啦美就更好了。我周三会去游乐园，那天哆啦A梦你会做什么呢？虽然我很不喜欢外出，但是突然很想去游乐园。希望那里没有可怕的叔叔。虽然妈妈说民昭阿姨会和我一起去，让我不要担心，但我还是很担心。要是哆啦A梦能够陪我一起去就好了。哆啦A梦你能来游乐园吗？妈妈说你太忙了，所以没办法来。真的很忙吗？我真是下了很大勇气，才决定去游乐园，决定和哆啦A梦见面的。电视里的哆啦A梦很善良，一定会保护我的。对吧？

要不然别去了？突然有些后悔呢。要是有很多可怕的叔叔该怎么办？好担心，肚子都痛了起来呢。突然真的好想吃东西，但是哆啦A梦你不喜欢胖胖的朋友吧？但是我实在忍不住。

我要吃冰激凌、吃零食、喝饮料。忍不住，对不起，我要去吃了。大概妈妈又会抱着我唱歌跳舞了。妈妈真的很有意思。好生气，对不起，下次再给你写信。

素媛

致帅气的素媛爸爸

今天素媛耗尽了我全身的力气。实在是太难度过的一天了。原本一切都很好，突然发生这样的事，真的让我不得不感到失落。

不过还好，你的信多少给了我安慰。今天不知道素媛有什么烦恼，一直不肯睡，所以直到现在我才能读你的信，看了之后想起了很多。

《肖申克的救赎》是什么时候看的呢？后来我又从音像店借来碟片看了一遍。

啊，是这部电影啊！你记得看电影前我们还吵了一场大架吗？当时我们为什么而吵呢？貌似是很小的事情。啊！记起来了，当时我的BP机上有个陌生号码，你打过去结果是个男人接的。我不认识对方，但你一直追问。我到最后都说不认识对方，于是我们一起去找到那个人才算结束。了解之后才知道那个男人是从我们系学长那里要到的我的电话。那时其实我隐隐地开心，因为一直都以为你是一个不会嫉妒的人。你出于歉意邀请我去看电影，而我则假装生气地跟你一起去了电影院。在昏暗的电影院里，你一直亲吻我，让我无法集中于电影。就是因为这样，我才对这部电影印象不是很深刻。今天我又看了一遍，真的是部佳作。除了你提到的那句台词外，还有很多鼓舞人的话，令人充满希望。

“最初可能不喜欢，但渐渐就会习惯。并且随着时间的流失，变得无法挣脱。这就是融合。”

我们也是这样吧？最初我们都有对方不喜欢的一面，但是相处久了就融合了。对于那些原本不喜欢的行为，也渐渐变得习以为常，最后变得再也挣脱不出来。

希望我们的爱情也能如此，互相融合到再也无法分开，不论遇到什么事情都不放开彼此的手。我坚信会是这样。你呢？我愿意相信你也是这样，这是我最容易接受的。

有一句台词虽然不是什么煽情的话，但最触动我：“在这里只有我有罪。”不论是什么罪名我都会找到不认罪的理由，但素媛的伤痛我承认是我造成的。作为妈妈，这是我无法否定的罪孽。突然很想见你，大概只有你会认为我是无罪的吧？就算全世界都责怪我，你也会主张我是无罪的吧？

只有你会站在我这边吧？我相信会是这样，并且坚信不疑，不论何时，你都是我的幸福。

你是唯一能够让永远这一奇迹变为现实的人。

我爱你。很爱很爱你。素媛爸爸。

爱着你的素媛妈妈

第七章 · 以爱之名

仿佛心有灵犀一般，她与素媛妈妈同时放开了素媛的手。像是等了很久一样，素媛迫不及待地向哆啦A梦跑去，快要到达哆啦A梦面前的时候，素媛停了下来。哆啦A梦一下子抱起素媛，举得很高很高……

看过素媛的来信后素媛爸爸小心翼翼地望着素媛妈妈。素媛妈妈正在准备午饭。

“老婆。”

“嗯？”

素媛妈妈转过头笑着望向素媛爸爸。他的眼神在剧烈地闪动。

“你要和素媛去游乐园？”

“素媛在信里写了吗？嗯，我们今天和民昭一起去。”

“我也去不行吗？”

素媛爸爸的话让忙着摆饭的素媛妈妈愣住了。

“不行，现在还不行。”

“如果不是素媛爸爸是哆啦A梦呢？”

“哆啦A梦也不行。你再等一等。”

“但是素媛叫我去呢……”

“不行，素媛会认出你的声音。再等一等。”

素媛妈妈果断地拒绝了他，但话里满是安慰。素媛爸爸灰心丧气地低着头。看到这样的素媛爸爸，她也替他感到委屈。作为一家之主，作为女儿的父亲，居然连最基本的权利都被剥夺了。她深呼吸重新镇静下来。

“素媛爸爸，我们到了游乐园会跟你视频通话的。”

“视频通话？”

素媛爸爸想了一会儿，“啪”的一声拍了一下手，突然想起原来他与素媛经常进行视频通话。记得他们通话的时候总是开玩笑，素媛还会告诉他今天又学了什么新的舞蹈，催促他赶紧回家。真是美好的回忆。

“真的吗？”

素媛爸爸再次确认道。

“真的，所以你再等一等。我保证。”

说着素媛妈妈伸出小拇指。素媛爸爸也伸出小拇指拉钩。

朴民昭带着素媛站在医院门口。素媛妈妈急急忙忙赶来。下了车她便抱起素媛并对民昭道歉。

“不好意思。那个人总是吵着要一起去。”

“哆啦A梦？”

接话的没想到是素媛。素媛妈妈摇着头：

“不是。今天哆啦A梦很忙。他要去演动画片。”

说着她将素媛放在了副驾驶席上。

“这是哆啦A梦给你的信，读吧。”

素媛妈妈从包里掏出信交给了素媛。

关上副驾驶的车门，她又转向民昭。

“素媛爸爸一直要求要来，真让我出了一身冷汗。但现在还不是时候。”

“没关系，快出发吧。今天姐姐什么都别想，不是周末游乐园人应该不多，你们就好好放松下。就像姐姐你说的，学长可以以后再一起来。”

民昭上了车。素媛妈妈发动发动机。坐在副驾驶席上的素媛看着看着突然笑了出来。

“哆啦A梦写了什么有趣的事吗？”

“嗯，特别有趣。”

“什么事这么有趣？”

“这是秘密。妈妈，我能坐海盗船吗？”

“海盗船？”

“嗯，我想坐海盗船。到了游乐园我们先坐海盗船吧。”

致我爱的朋友素媛

素媛，今天你要去游乐园了对吧？你妈妈告诉我了。

素媛，这件事你一定不要告诉妈妈。我有一个非常有趣的计划。实际上今天素媛妈妈不让我和素媛一起去游乐园，但是哆啦A梦我要偷偷地去。如果妈妈知道了一定会生气，所以你绝对不能说哦。素媛也想见到哆啦A梦吧？游乐园里有海盗船，我会在海盗船那里等你。哆啦A梦好高兴，今天终于能够见到素媛了。你一定要来哦，我会一直等到你来的。谢谢素媛你能不再怕我，今天哆啦A梦会陪你玩的。我会帮助素媛尽快痊愈。想到要和素媛见面，现在我高兴得像要飞起来一样，希望素媛也会高兴。今天我们一起行动，不要告诉妈妈哦。拉钩！

素媛永远的朋友哆啦A梦

天气热得就像一个蒸锅，哆啦A梦站在路边打车。因为是在主干道上，过往的人很多。大家都在嘲笑他，不是因为他戴着假面，而是他正站在道路中间拦车。看到他可笑的行为，经过的出租车没有一辆停下来。

虽然全身被热气包围汗如雨下，但哆啦 A 梦依旧卖力地向出租车招着手。这条路上的出租车本应很多，但由于今天气温实在太高，所以出租车少了很多。而且就算停车，也会停在一般人面前。

长时间没有打到车的哆啦 A 梦又采用了其他战术。不远处有个男人也站着打车，他悄悄挪到那个人的身后，待出租车停在那个人前面的时候，他快速地打开车门先一步上车。

“对不起。我急着去游乐园。”

因为酷暑本来就不高兴的男子面色更加不好。哆啦 A 梦厚着脸皮关上了车门对司机说：

“师傅，我要去 ×× 游乐园。”

“可是是那位打的车。”

司机师傅不愿发车。男人生气地打开车门，想要将哆啦 A 梦拽下车。这时他大喊了起来：

“我女儿在等我！我女儿现在正在海盗船那里等我！我不能迟到！本来应该我先到那里去等她的。”

男人一下子放开了他的衣领，小心地为他关上车门，又去打车了。

“×× 游乐园是吗？出发了。”确认完毕后司机师傅爽快地开车走了。

“很热吧？”

司机师傅通过后视镜观察着哆啦 A 梦。他点了点头并没有说话。司机师傅将空调温度开得更低了一些。

“您把面具摘掉吧。”

“不，我现在是哆啦 A 梦。不是素媛爸爸。我要成为哆啦 A 梦。”

“素媛？您说素媛？”

等红灯的间歇，司机师傅转过头来看向哆啦 A 梦。

“嗯，我女儿素媛。”

司机师傅猛得转过身握住了素媛爸爸的手。

“我今年 50 岁了，也有孩子。这还是我第一次这么想要安慰某个人。加油，加油，素媛爸爸。”

“你不能叫我素媛爸爸。我是哆啦 A 梦。”

后车的鸣笛声中断了他们的对话。出租车司机快速地发动了车子。跑着跑着，司机师傅突然将车停在了路边的便利店门前。

“等我一下。”

“我得快点。”

“一定能比素媛先到。不要担心。我也是个快车手呢。”

司机师傅下了车走进便利店，买了一瓶饮料出来。上车后他将饮料递给了哆啦A梦。

“谢谢。但是我不能喝。因为我是哆啦A梦。”

哆啦A梦拿着饮料催促着师傅快点开车。

“没关系，现在暂时做回素媛爸爸也没关系。快喝吧，多热啊！”

“没……关系……吗？”

“没关系。这是我和素媛爸爸两个人的秘密，我会保守秘密的。快喝吧，很快就到游乐园了。”

哆啦A梦慢慢地脱下面具。头发已经被汗水浸湿。司机师傅递上了面巾纸。说完“谢谢”后，他便擦了起来。

“很想素媛吧？多久没有见到孩子了？”

“我也记不清了。但是你怎么知道素媛的？”

司机师傅的脸上露出苦笑。哆啦A梦和司机师傅就这样通过后视镜对望着。

“虽然没有见过，但我知道素媛一定是个漂亮的孩子，素媛的爸爸也一定是一位优秀的爸爸。”

“你怎么知道？”

“因为我也是父亲，我也有孩子。”

“可是我并不认识你啊……”

“这是一种感觉。只要是有孩子的父母就能感受到。”

红灯。出租车又停了下来。他们依旧通过后视镜对望着，眼神中蕴含着很多东西。两个人同时红了眼眶。绿灯亮了，车再次出发。哆啦A梦接着说道：

“看来你也有女儿，而且是个漂亮的女儿。”

下了出租车后哆啦A梦急忙来到售票处。售票处的女职员满是怀疑。

“您是哪里来的？据我所知今天并没有游行。”

“我是来见我女儿的。快给我一张票。通票。”

说着哆啦A梦伸进口袋里拿出钱包。

“您这样的装束是不能入场的。对不起，请您摘掉面具。”

女职员一边无情地阻止了他的入场，一边偷偷地通报了负责人。

“我一定要进去。让我进去吧。我女儿还在里面等我呢。”

“不行。原则上只有参加游行的人员才能戴着面具入场。对不起。”

“我一定要进去。我就是哆啦A梦。你让我进去吧。”

争执了很久，负责人终于到了。看到哆啦A梦后热情地迎上去。

“对不起，您这样的装束不能入场。您如果提前说了的话就没问题。真是对不起。”

“不行，素媛在等我。我们约好了。我们约好在海盗船前面见面。”

就当负责人说出“对不起”的瞬间，售票的女职员插话进来：

“您说素媛？”

负责人开始一脸不解：“素媛？”随后便想起：“啊，是素媛啊！”大概是因看出对方认识素媛。所以哆啦A梦急忙解释：

“嗯，是素媛。我就是来见素媛的。”

负责人立刻同意。

“请进吧。”

素媛爸爸准备掏钱买票。但售票处的女职员微笑着说道：

“直接进去吧。只要是来见素媛的我们都免费。”

“真的吗？哇！太好了！”

素媛爸爸加快了步伐。负责人望着素媛爸爸的背影很长时间，随后拿出别在腰间的对讲机：

“马上请一组人来游行，地点就在海盗船那里。哆啦A梦也在那。素媛爸爸……会在那里等素媛。”

素媛左手牵着素媛妈妈，右手牵着民昭向海盗船走去。看到满脸笑容的素媛，民昭很是好奇：

“好久没出来了，心情很好吧？”

素媛没有回答，只是拉着她们急着向前走。她看到了站在远处的哆啦 A 梦，一下子跑起来。然而素媛妈妈的表情却彻底僵住了，快速地抓住了素媛。

“妈妈，怎么了？”

素媛想要甩开她的手，而她握得更用力了。她无言地与民昭对视着。民昭的表情也很僵硬。“怎么办？”素媛妈妈用眼神向民昭求救。民昭稍微犹豫了片刻，瞬间将素媛与素媛爸爸见面后会发生的所有情况整理了一遍。以八岁孩子的智商，绝对不会认出那就是爸爸。连她自己都不知道为什么会这么肯定。

“那不是哆啦 A 梦吗？素媛喜欢的哆啦 A 梦。”

民昭不知不觉就说出了这句话。仿佛心有灵犀一般，她与素媛妈妈同时放开了素媛的手。像是等了很久一样，素媛迫不及待地向哆啦 A 梦跑去，而她们则慢慢地跟在后面。快要到达哆啦 A 梦面前的时候，素媛停了下来。哆啦 A 梦一下子抱起素媛，举得很高很高。

素媛高兴得大叫着。随后素媛妈妈与朴民昭也跟了过来。两个人同时看到了地上泄了气的气球。10 个，不一个一个数过来大概有 15 个。而哆啦 A 梦的手腕上则系着很多气球，飘来飘去。

看到这里她们笑了起来。看来完全没有必要担心了。紧张消失后，一股热流涌了上来。

“素媛，你知道哆啦 A 梦有多想见到你吗？”

“噢？怎么跟电视上听到的声音不一样呢？”

因为氦气的缘故，哆啦 A 梦声音变得很细，素媛稍微有些疑惑。这时素媛妈妈走了过来：

“这就是哆啦 A 梦。昨天他感冒了，所以嗓子有些不舒服。”

随后朴民昭也插话进来：

“没错，素媛。阿姨可是医生，他的确是得了感冒。”

哆啦 A 梦再次抱起素媛。不知道为什么那么高兴，素媛笑个不停，哆啦 A 梦则抱着她转了一圈又一圈。

只有朴民昭和素媛妈妈知道。不，了解他的所有人都知道。虽然他的肩膀没有颤抖，虽然哆啦 A 梦表面是在笑，但大家能够感受到，他哆啦 A 梦假面下的眼泪。

很多人围在哆啦 A 梦和素媛身边，中间还有很多卡通人物伴着音乐在跳舞，哆啦美也来了。人们拍着手大声欢呼，声音在游乐场内回荡。

以素媛和哆啦 A 梦为中心，人们融为了一体。中间突然有人大喊：

“哆啦 A 梦！哆啦 A 梦！素媛！素媛！加油！加油！”

随即大家便跟着一起高喊起来：

“哆啦A梦！哆啦A梦！素媛！素媛！加油！加油！”

做梦也没有想到素媛爸爸会来，更没有想到一个智力仅相当于8岁孩子的人居然能够独自前来。他是素媛爸爸，尽管戴着哆啦A梦的面具。在大家的眼中，没有哆啦A梦，只有他。他……不论变成什么样子，都永远是素媛爸爸。只要生命的旅程还在继续，我们便永远都是素媛的父母。素媛妈妈、素媛爸爸是我们永远无法抹去的烙印，因为这便是我们的名字。

致我最爱的素媛妈妈

今天我对你说了谎。对不起。可是我太想念素媛了。虽然和你约定好了不能去，但我就毁约这一次。希望你不要一回家就马上拆开这封信，因为这样我的计划就无法实施了。

都是因为太想念素媛了，所以请你谅解。我相信你一定会原谅我的。

突然想起了一部电影《我是山姆》，这是我们两个人看过的电影中我最喜欢的一部。《我是山姆》中的父亲和我很相似，因为他也不能见到自己的女儿。当时我们看电影的时候都觉得电影中的父亲是个傻子，但现在看来他和我的情况基本一样，这使我有一种找到了战友的感觉。电影中父亲不仅会偷偷地去看望孩子，还会带着孩子逃出医院。我突然也很想那样做，所以我今天决定乔装成哆啦A梦的样子去见素媛。说心里话我并不认为你会原谅我，但我真的太想见到素媛了。虽然我很害怕你会生气，但即便如此我也要去。但在去之前我还是要写这封信给你。

电影中的父亲是我的榜样，教会我如何做一个好爸爸。尽管还有一些我不能完全理解的地方，但我一定会记住他的话：

“我想了很久如何才能成为一名好的父亲。要学会忍耐，学会倾听，至少要装作在倾听。即便是再也听不进去的时候。”

这句话的意思你一定要解释给我听。我想要知道。看到信后一定要告诉我。

啊！突然有句话很想对你说。虽然不是我说的话，但你就当作是我说的吧：

“你的心意，对我来说很重要。”

我爱你，老婆，我错了。你的心意，对我来说很重要。

深爱着素媛妈妈的素媛爸爸

请求你的谅解

致老公素媛爸爸

真庆幸是在去了游乐场之后才看到这封信。我一点也没有生气，你不会因为担心我生气而一夜没睡吧？

我真的没有生气，所以你不用担心。放心地睡吧。

今天你能来真是太好了。以后我也会让你和素媛经常见面的。很多人都在为你鼓掌，看到了吗？再告诉你一个秘密，除了素媛之外，今天在场的所有人都知道你就是素媛爸爸。吃惊吧？所以以后也一样，只要素媛认不出你就没有问题。其他人都是知道的，你不用担心。

如果知道素媛这么喜欢哆啦 A 梦，真应该让你们早点见面。素媛爸爸今天也玩得很开心吧？和素媛一起感觉很幸福吧？能够和你、和素媛在一起，我也很开心。以后我们也经常这样一起出去玩吧。但是要像我们约定好的那样，这 100 天里你还是哆啦 A 梦。

《我是山姆》是一部催人泪下的电影。在去游乐场之前，我也想到了这部电影，所以很后悔没让你也一起来。

电影最让我感动的一句话是这样的：

“爱与智商无关。智商并不能衡量一个人爱的能力。我们所需的便是爱。”

为什么电影看过了却想不起这句话呢？明天我会带你喜欢的饭菜过去的。希望你能够接受我的道歉。

你就是你。就像电影中山姆说的那样：“我不是智障。我就是山姆。”你就是素媛爸爸，以后我一定不会再将你弃之不理了。

素媛爸爸，我也想对你说，就像你对我说的那样。

你的心意，对我来说很重要。

我爱你，我的爱人。

全世界最爱你的素媛妈妈

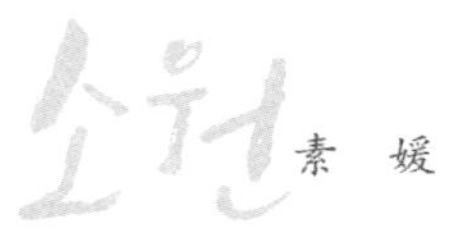
素　媛

致给我带来欢乐的哆啦A梦

今天真的很开心，真没想到能够见到你。如果我有其他朋友，我一定会向他们炫耀的，就说哆啦A梦来海盗船这边看我了。你抱起我的时候，我真的很开心，就仿佛拥有了全世界一样。老实说——开始我有些害怕，因为哆啦A梦你比我想象的要高，让我想起了那个坏叔叔。对不起。你是我的朋友，我却这样想你。但是你抱起我的那一刻，我就不怕了。哆啦A梦，我变勇敢了。是你给了我勇气，有你陪着我，那些可怕的游乐设施我也不怕了。你会一直在我身边吧？你能做我的朋友，真是既骄傲又幸福。

本来想要和你再多玩一会儿的，真可惜。下次我们一定要早点见面。一起捉迷藏，一起去游乐园。游乐园的其他小朋友看到你，也会很喜欢你的。但是你不要和他们太亲近，因为我才是你最好的朋友。

哆啦A梦，真的谢谢你。

哆啦A梦永远的好朋友素媛

第八章 · 寻找新的幸福

“为什么学校会拒绝接收素媛？ 我只是希望素媛能够融入到其他孩子当中。只要大家对素媛没有类似‘这是谁的孩子，曾经遇到了什么样的事情’的偏见，我就心满意足了。”

素媛妈妈与朴民昭一起来到了某小学的校长办公室，这是她深思熟虑后所作的决定。如今素媛正在一点一点卸下防御，所以她听从了朴民昭的劝说。毕竟素媛不能一直依赖着她，也不能一直没有朋友。

最初她对于这样做很是排斥。因为素媛好不容易才有所好转，如果再受到什么伤害或是惊吓，恐怕又会恢复到原来的状态。即便素媛的病情越来越稳定，她也仍然放心不下。

民昭一直在努力说服，希望素媛妈妈能够给素媛一个与外界接触的机会。对素媛来说，同龄孩子无疑是其中最佳的选择。

面对两难的处境，素媛妈妈突然想到了素媛爸爸，因为她一个人实在无法做出抉择。告知对方的义务感，或尊重对方抉择的权利？总之出于类似的原因，她选择了与素媛爸爸一起商议。

素媛爸爸一如既往地戴着哆啦A梦的面具在店中等待着她。素媛妈妈一边准备饭菜，一边问：

“素媛想要上学。对于这件事你怎么看？”

“上学？”

“之前素媛身体不是很好，现在好转了很多。所以民昭觉得我们可以重新送素媛去上学了。你觉得呢？”

“当然，当然要去。孩子当然要学习啊。”

素媛爸爸回答得没有一点迟疑。素媛妈妈仔细观察着他的表情。而素媛爸爸低着头专心致志地吃饭。

“这么说你同意了？”

“嗯？”

“就是送素媛上学的事。”

素媛爸爸突然停下来望着素媛妈妈，而素媛妈妈也这样望着他。

“重新送素媛去上学难道有什么不对吗？这不是理所当然的事情吗？”

“去上学的话，病情可能就会反复。”

“是民昭说的吗？”

“不，只是我这么想而已。”

两个人都沉默了，好像都盼望着对方能先给出答案。虽然智力只相当于8岁的孩子，但素媛爸爸仍然感觉到了这是一个艰难的决定。就好像面前放着一件危险品，没人愿意先上去打开盖子一样。

最终还是素媛妈妈先开了口：

“我会看着办的，你不用担心。”

这句话反而让等着对方先做抉择的素媛爸爸感到很自责。他拉住了起身去倒水的素媛妈妈。

“送她去吧。即便这样也还是要上学啊。不能因为身体不舒服，就一直待在家里，毕竟她也需要有其他玩伴。既然民昭说不会反复那就不会反复。如果反复了，我们就继续照顾她。毕竟我们是孩子的父母。所以，送孩子去上学吧。”

素媛爸爸的话虽然听起来有些稚嫩 但对素媛妈妈来说是极大的鼓舞。午饭结束后，素媛妈妈仿佛就像一个找到答案的学生那样，迈着铿锵有力的步伐来到医院。

接素媛回家的路上，她忍不住开口询问：

“素媛想去上学吗？”

“……”

“民昭阿姨没对你讲什么吗？”

“讲了。”

素媛只是一直看着自己身上的排便袋，似乎很害怕让其他小朋友看到自己这样的样子似的。

“素媛去上学吧。你这么漂亮，小朋友们一定会很喜欢你的。”

“我要问一问哆啦A梦。”

犹豫不决的素媛这样说道。

“问哆啦A梦？”

“嗯，如果哆啦A梦说可以，我就去。”

我给素媛爸爸写了一封信。告诉他虽然素媛现在很害怕，但也要尽力劝说素媛去上学。于是接到哆啦A梦来信的素媛欣然接受了去上学的要求。然而有一点令我十分担心，那就是素媛似乎已经渐渐忘却了父亲的存在。

此后，我奔走了不下十几所小学。其中，最先拜访的便是素媛曾经上学的地方，结果却很令人失望。当我问校长“为什么不行？”的时候，他只说了一句话，那就是素媛会因此受到伤害。随后我又走访了几所小学，结果还是一样。大家都用相同的理由，拒绝了我的请求。

他们这样做真的是因为担心素媛吗？对此我表示怀疑。

最后通过民昭的帮助，我们找到了一所离家稍远的学校。去之前民昭对校长仔细说明了素媛的病情。

“素媛已经好转了很多。只是对大龄男性还有一些排斥。据我所知，贵校大部分都是女老师，而男老师只有两位。相信素媛适应一段时间，就应该没有问题了。”

“但这不是我一个人能够决定的事情……”

虽然民昭希望校长能够当场答应下来，但校长选择了回避。民昭的语气变得强硬起来：

“您是在拒收学生吗？即便知道孩子没有任何问题？如果记者们知道了这件事，您觉得他们会写出怎样的报道呢？”

民昭的话近乎威胁。而在一旁听着两人对话的我，为此感到十分愤慨。那么多的人都说会为素媛加油，相信素媛能够恢复正常。但现实是，人们仍然很难接受素媛。在大家的印象中，素媛不再是一个单纯的孩子，仅仅因为她曾经被玷污。我下意识地咬住嘴唇，合紧双手，压抑住心中的怒火。

“啊！我不是这个意思……”

校长边说边擦着额头上的冷汗。此刻民昭的脸已经变得通红，而我也是一样。但我们脸红的原因却不同。从眼神中便可以看出，民昭是因为愤怒而脸红，我却是因为羞愧。

不论走访哪一所学校，结果都是相同的：我始终被看作一个放任孩子不管的坏妈妈。这让我感到很强的负罪感,并因此而感到羞愧。甚至有的校长还会当面指责我:“当时您为什么会让孩子一个人？”

民昭继续步步紧逼，试图转移问题的关键。

“问题是什么，您说清楚。您这样无视医生意见的行为让我感到很不舒服。究竟问题是什么？”

“首先我们要召开会议……”

“只不过是接收一个转校生，用得着开会吗？难道韩国小学实行的不是义务教育？居然会拒收转校生，而且不过是一个八岁的孩子而已。”

“现在的父母都很极端……”

“这有什么关系吗？如果您现在不同意，我会将诊断书和病历一起送到法院的。”

校长低下了头。我并没有因为民昭的行为而感到丢脸，却对她即便如此也要送素媛去上学的做法感到了疑惑。真想当场就对她说：“民昭，不要这样。我们走吧。”但不能这样做，因为送素媛上学是我与素媛爸爸共同的决定。所以我必须面对这个问题。素媛爸爸为了我们一家人那么努力地工作，我自然也不能不为了家庭的团聚而倾尽全力，而现在便是我在这个过程中必须经历的一步。

火药味丝毫没有减弱。面对民昭的不断攻击，校长一直在让步。我清楚地知道民昭为什么非这里不可。这里其实是民昭孩子的学校，她清楚地知道相对于其他学校来说，这里是最适合的，因为这里的男老师最少，负责一年级的老师又全部都是女老师。

民昭与校长僵持不下。而我终于鼓起勇气表达我的想法，毕竟不能就这样把所有事情都推给民昭。

“等一下。”我打断了民昭的话。

校长与民昭同时望向我。民昭看起来十分急迫，而校长则期盼着我能够放弃。

“校长，您也有孩子吧？”

我注视着校长。

“对，我也有孩子。”校长如实回答。

“那现在应该已经都成人了吧，或许已经结婚了。”

“是的，两个儿子已经分别成了家。小女儿还在国外留学。”

“那么您应该能够了解我现在的心情。虽然您没有亲身经历，但想必也能体会到我刚才听到两位对话时的心情。”

校长无言以对，低垂着头，看着面前的咖啡杯。校长陷入了沉思，而我则继续表达着我的想法：

“素媛，其他父母会怎样看待素媛呢……我经常会思考这个问题。当然，在大家看来我一定是一个不负责任的妈妈。的确，这是事实。但是，素媛只是一个八岁的孩子。和其他父母一样，我也没有什么过多的要求，只是希望素媛能够融入到其他孩子当中。只要大家对素媛没有类似‘这是谁的孩子，曾经遇到了什么样的事情’的偏见，我就心满意足了。我相信校长您一定会帮我实现这个小小的心愿，您一定能够为我证明其实素媛与其他孩子并没有不同。同样为人父母，我相信您能够理解，毕竟您也有一个女儿。”

校长依旧无言。已经预想到答案的我与民昭在一旁耐心地等待着。最后校长平静地开口：

“我明白了，我同意孩子转学过来。”

听到校长的话后，民昭的脸色才稍微有了缓和，她握住校长的手：

“谢谢您。准备好后我们会联系您的。谢谢您做出这个艰难的决定，您一定不会为今天的决定而后悔。”

“不用谢，反而是我要谢谢你们。我已经在小学工作30年了。

年轻的时候，我曾为自己是一名人民教师而感到十分骄傲。教师不是一般的劳动者，所以劳动节的时候我也不曾休息。虽然教师的工作是教给学生知识，但教师的首要任务却是对孩子进行人性教育。这就是我的人生哲学。谢谢你们让我在退休之前再次体会到当初的心情。”

随后民昭向校长更加详细地说明了素媛的情况。校长也不时发表自己的意见，与我们一起讨论。

我和素媛聊了很多关于学校的事。希望借此能够让她对上学多一些期待,少一些畏惧。接到哆啦A梦的来信后素媛虽然答应去上学，但依然可以看得出她的紧张。而我能做的也只有反复地告诉素媛:“小朋友们会喜欢你的，就像哆啦A梦说的那样。所以不用担心，妈妈一直都在。”而真正让素媛安心下来的还是民昭。

“素媛，上学有什么好处呢？首先你可以炫耀一下，告诉朋友们哆啦A梦是你的好朋友。素媛也想让其他人知道吧？还有什么呢？嗯，还会有很多人喜欢上素媛。素媛这么漂亮，大家一定都会争先恐后地来和素媛做朋友。阿姨可是医生，是世界上无所不知的医生。”民昭的话让素媛展开了想象的翅膀，坚定了去上学的决心。

看到民昭，我就会想如果当初自己也做了医生，是不是素媛的恢复速度就会更快一些，更早一点重拾幸福呢？

通过两周时间的不懈努力，我们终于将素媛的畏惧化为了憧憬。最初素媛不但会担心得失眠，还会写信给哆啦A梦诉苦。每当这时素媛爸爸都会想出适合素媛这个年纪的解决方法，来劝慰她。

每当这时，我就会产生一种被孤立的感觉。一边是擅长用话语安慰孩子的民昭，一边是能够理解孩子心情的素媛爸爸，我常常会想站在这两者中间自己究竟能做些什么呢？

“素媛最需要的就是朋友。虽然哆啦A梦也是素媛的朋友，但素媛还需要其他的朋友。就像哆啦A梦既有哆啦美，也有其他的朋友一样。而且素媛的朋友变多了，哆啦A梦也会高兴的。如果素媛告诉他们哆啦A梦是你的朋友，那他就会更开心了。”

最终素媛的不安与畏惧渐渐被憧憬所替代。“一定要去学校吗？”的问句，也变成了“什么时候去学校呢？”两周的时间说短也短，但对我来说却是煎熬。素媛压力这么大，让我也如坐针毡。

终于素媛上学了……像其他的小朋友一样，能够每天拉着妈妈的手去上学了……虽然这正是我一直所期望的，但也让我更加担心。失眠每天都在继续，每一个无法安睡的夜晚我都在心中默念：希望其他小朋友一定要欢迎素媛的到来，希望幸福能够重新到来，希望上天能够赐予我们一家人平凡的幸福。

致哆啦A梦最好的朋友素媛

今天，应该是素媛上学的日子，好想问问素媛怎么样了。老师们可怕不可怕？有没有小朋友欺负素媛？有没有很多小朋友说想要和素媛做朋友？有没有告诉他们哆啦A梦是你的好朋友？真的好想知道呢。昨天我失眠了，因为太想知道素媛是不是和小朋友们一起玩得很开心。希望素媛能够尽快写信告诉我。听说素媛今天8点去上学，所以我7点半便起床了。因为我希望和素媛一起起床，给素媛加油打气。我一直在心中为素媛加油，不知道素媛感受了没有？我相信素媛能够感受到。

如果素媛答应给我保守秘密，那我就告诉素媛一个好消息。为了素媛能够尽快交到朋友，哆啦A梦我决定明天给小朋友们买冰激凌作为礼物。明天一上学，素媛就可以告诉他们，知道了吗？就说哆啦A梦会来，会带素媛最喜欢的巧克力冰激凌来。我会买一个大大的冰激凌，所以素媛可以骄傲地告诉他们。希望素媛妈妈能够快点来，这样素媛就能快点看到这封信了。看到哆啦A梦和冰激凌，小朋友们一定会更加喜欢素媛的。虽然我也有一点害怕老师，但为了素媛我会勇敢的。哆啦A梦不会和其他小朋友做好朋友，因为哆啦A梦的好朋友只有素媛一个。好期待明天，希望素媛能够和其他朋友相处愉快。

今天会有一位帅气的叔叔过来。他也很喜欢素媛，还会听我讲素媛的事情。只不过每次他来，店里都会很忙。不过即便这样我也觉得很好。因为可以尽情地跟他聊素媛的事情。到时间了，那位叔叔要来了。我们明天见！我爱你！素媛！

喜欢素媛的好朋友哆啦A梦

素媛致哆啦A梦

今天我真的好开心。朋友们都围在我的身边，仿佛我就是主人公一样。他们还夸赞我的衣服和鞋子，特别是哆啦A梦上次送给我的书包，他们都说很漂亮。但是今天我和妈妈吵架了，因为袋子的事情。妈妈不希望袋子露在外面，可这样一来我的肚子就会看起来很鼓。但万幸的是朋友们看到袋子后也没有什么反应。今天上课的内容妈妈提前教会了我，所以老师叫我发言的时候，我回答得很好，还得到了表扬。真的好开心。朋友们问了我的电话号码，说要和我一起上补习班，到我家里来玩。啊！今天我告诉他们了，说我和哆啦A梦是好朋友，但他们让我不要说谎，这让我有点不高兴。你说明天会带着冰激凌来学校看我，真是太好了。如果哆啦A梦亲自跟他们说，他们一定会相信的。一想到明天就能见到你就好高兴。老师也会喜欢的，老师对我可好了。

但是放学的时候，其他小朋友的妈妈都用奇怪的眼光看着我。她们皱着眉的样子看起来很可怕。要是妈妈没有那么快来，真担心她们会说我。明天我也要比其他小朋友早回家，因为其他小朋友的妈妈们好像并不喜欢我。难道是因为看到了我肚子上的袋子吗？

有一点担心，但是没关系。如果哆啦A梦来了，其他小朋友的妈妈也会喜欢上我的。他们知道了你是我的朋友，一定就会喜欢上我的。

明天你一定要早早过来哦，我会告诉所有小朋友的。明天还要上学，我要早点睡了。好想你，哆啦A梦！

最喜欢哆啦A梦的素媛

致我的挚爱素媛妈妈

老婆，今天是素媛去上学的日子吧？我现在一点儿也睡不着，就只好看电视。换台的时候，我看到了一部熟悉的电影，叫《廊桥遗梦》。记得这是和你一起看过的片子，所以我看了很久。片子里有很多让人生气的地方，很想让人换台，可因为有感动我还是没有按下遥控器。电影中的老爷爷和阿姨就像我和你一样相爱，让我止不住流泪。我差点就忍不住给你打电话了，但是一想到素媛可能还没睡，一定会问你我为什么会哭，就只好放弃了。

老婆，我们结婚了，所以才有了素媛。我爱你，也爱素媛。

但是现在很奇怪的是，现在我每天想的只有素媛。可你知道我爱你就像爱素媛一样多。

今天我只想给你写信。我是素媛爸爸，但今天我想做素媛妈妈的老公。

看着看着电影，突然心里很难过。弗朗西斯卡说了这样一段话：

“决定和某人结婚生子的一瞬间，从一方面来讲是爱情的开始，但从另一方面来讲也是爱情的结束。”

为什么这句话让我想到你，并令我大哭不止呢？很想追究下去，但害怕我会说错话。

还有一句话十分触动我。弗朗西斯卡的话正是我想对你说的：

“虽然她不在我的意识中，但我总能感受到她，而她也总会在那里。”

听到这句话的那一刻，我好想去找你。老婆，我爱你，我也爱素媛。我这么爱你，但为什么没有像想素媛那样总是想着你呢？就像我刚才写的，每次想到这句话我都想这样问自己。

소원 素　媛

这只是我的突发之想，虽然没有头绪，但还是要告诉你。

素媛早晚会嫁为人妻，而老婆你会一生陪在我身边。我认为会是这样，老婆你会一直在我身边。所以这样看来，素媛在我身边的时间要更短一些，不是吗？就像零食和冰激凌同时摆在面前，大家都会先吃掉冰激凌一样。零食不会变少，冰激凌却会迅速融化。大概就是这样吧？我这样说对吧？

就像弗朗西斯卡所说的，虽然你不在我的意识中，我却总能感受到你，而你也总会在那里等我。不是吗？不知道这样比喻是否正确？总之就是类似的感觉。

老婆，我会一直爱你。就算我大脑忘记了你，我的心也会一直记得你。

素媛妈妈的老公素媛爸爸

致我的老公素媛爸爸

今天发生了很多事。既然你特意为我也写了一封信，那我自然也要为你写一封信。

《廊桥遗梦》，电视上放了这部电影吗？这可是一部很老的电影了……记得我们去看电影的那天还发生了一些小插曲。

那天我可是差点就说分手了。不知道你是否还记得……

那是一个炎热的夏天。你站在约定地点等着我。但我坐了反方向的车，下车后我只好又乘公交坐了回去。你就这样在那里等了将近3个小时。虽然我给你留言叫你找个地方休息一下，但你赌气似的站在那里，想要看看我究竟能晚多久。下了公交车后，晕乎乎的我不顾一切直奔着你跑去，但你二话不说发起火来。问我为什么晚了，为什么这么热的天叫人等这么久。那时你真是错了。因为你伤了女人的自尊心。虽然你想听我向你认错，向你解释说自己听错了地点，可我还是一句话没说，坐上车便回家了。BP机一直在响，我却置之不理，回到家后也没有联系你。那时我真的动了分手的念头。我不能理解你当时为什么会那么生气。我也是辛辛苦苦坐车去见你，为什么你只想到自己的立场。这让我产生了是否要和你继续交往下去的疑问。

但是下午3点多，那么热的天你就那样跪在我家门前请求我的原谅。我一直没有出去，你也没有离开。就这样僵持了很久后，我还是出去了。但并不是因为我原谅了你，而是妈妈担心邻居会看到才叫我出去的。出门时我还想着要惩罚你，可看到你大汗淋漓几乎就要脱水的样子，我就动摇了。这天也是你第一次来我家，第一次见到我妈妈。还没有向我妈妈问好，你就急急忙忙灌下了一杯水。而后也是要问好不问好的样子，说自己身上不舒服要去洗澡。你这样的举动让我和妈妈相对无言。最后还是洗完澡出来后，你才正式向我妈妈问了好，并请求我的原谅。

正是这一天，我们看了电影《廊桥遗梦》。

你厚脸皮地在我家蹭了一顿晚饭。在我送你出去的时候，你才掏出了早就买好的电影票。

“你不是说想看这部电影吗？虽然时间过了，但是还是有方法能够看到。”

我不明白你说的话。而你就这样带着我来到了附近的电影院。电影院里人头攒动，你带着我去排队。当轮到我们检票的时候你对着检票员问：

“这是这里的电影票吧？”

检票员接过电影票说不是，然后又还给了你。这时你居然泰然自若地开始演起了戏。

“啊！这可怎么办？我们需要重新买票吗？”

检票员告诉你要重新买票。可你笑着说：

“我现在所有的钱除了车费之外就只剩下20块钱了。因为我们是学生情侣，所以并没有什么钱。”

你一副装蒜的样子看着我。

“这是你一直想看的电影，我给你买一张票，你进去看吧。我在外面等你。”

这让我一下子红了脸。真是丢人死了。但是我也不知怎的居然配合你演了起来。

“我一个人吗？那你就这样在外面等着我？”

“是啊。虽然想和你一起看，但是有什么办法。对不起，我在这里等你。”

看到我们这个样子，检票员叫住我们，让我们先在一边等一等。当所有人都检票结束后,检票员同情地望着我们。

“你们进去吧。后排还剩了一些座位。”

我们厚着脸皮表示了感谢。在放广告的时候，我问你，如果检票员不理我们你会怎么做。而你却一副贱贱的表情，振振有词道：

“如果检票员拒绝了我们，那我们就在周围走来走去。来看电影的人当中，一定会有人伸出援手，为我们买票。我相信大家。”

你的这种推论让我很是无语，而你的脸皮之厚更是让我震惊。但是这些却让我看到了你的另一面，你的乐观。

而至于你为什么会哭？那是因为我们还相爱，因为你还残留着对我的歉意。我不会怨你。不论是你还是我，都没有资格埋怨对方。我们能做的只有互相安慰、互相鼓励。希望你不要忘了我现在所说的话。能够互相安慰互相鼓励的，便是家人。

这部电影曾经引起了轩然大波。当然也有让我感觉不舒服的地方。但至少还给我们留下了只有真心相爱的人才能体会的名言。由真实故事改编的这部电影既让人感到不快，也让人感到心酸。

还记得吗？字幕升起的时候，你曾对我说了这样一番话：

“没有什么可看的嘛！主人公们将出轨看成是真爱，倒是很适合无聊的大妈们来看。但是有一句台词是我想和你说的。”

“我也有。”

“那么我们一起说。”

我们注视着彼此同时说出了这句话：

“这样确定的感情一生只会有一次。”

这让我们更加确定我们的感情，以后也不会改变。

出自本能地，一生只能体会到一次的感情。因为我们感受到了，所以直到现在我们还在一起。这种感情并不会随着时间的流逝而消失。

你说得很对。因为冰激凌要先吃，所以大家想不到其他零食。不管怎样，零食都不会因此就消失不见。

我们现在正处在要先吃掉冰激凌的时候。当我们想着其他零食的时候，也许冰激凌就已经融化了。

所以你暂时先不要想其他零食，现在只想着冰激凌就好。我不会因此而感到伤心或是混乱。因为我十分确定我们的感情不会改变，只要你还记得零食在哪里，就早晚会重新找到它。零时随时都可以吃，所以只要你记得它就好。这并不代表你变了，因为零食还没有过期。

给一直陪在我身边的素媛爸爸

第九章 · 寻找希望的翅膀

但是真正对素媛有偏见的是谁呢？是孩子们吗？孩子们可是很喜欢素媛的。恐怕戴着有色眼镜的另有其人吧？孩子们其实并不知道素媛究竟受了什么伤害。知道吗？将这一切告诉给孩子的正是你们，是你们这些大人教给孩子偏见！

素媛妈妈开着车带着素媛驶离了停车场。粉红色的哆啦 A 梦书包就放在素媛的腿上。开车的过程中她忍不住转过头去看素媛，而素媛则满心欢喜地摸着她的书包。

“就那么喜欢哆啦 A 梦？”

“嗯，喜欢。哆啦 A 梦可是我的朋友．我最重要的朋友。”

“好,那今天也要和朋友们好好相处哦。这样哆啦 A 梦也会高兴的。”

车驶到学校附近开始堵起来。现在学校的运动场俨然已经被家长们当成了临时停车场。新闻中越来越多关于儿童犯罪的内容让家长们感到不安，家长们便想着尽可能地将孩子安全送进教室。

一进入学校，素媛妈妈的表情便变了。因为周围投来的视线并不那么地友好。她将车停在离教室最近的地方，然后牵着素媛的手，走向教室。就在马上就要到了的时候，她的心突然一沉。素媛想要进教室，但她却牵着素媛向前又走了几步。她像小偷一样瞄了一眼教室里的情况。只见很多学生家长正坐在教室后面。她已经大概猜想到了会发生什么。

“素媛啊，我们回车里待一会儿好不好？”

她笑着问素媛。而素媛则开始眼神涣散，握着她的手也在颤抖。她只能用力回握住素媛的手，试图用母爱来抵抗女儿眼中的恐惧。

“妈妈……”

素媛止不住地颤抖，声音中也满是不安。她以最快的速度作出判断：这里太危险了，要马上离开。

“我们先出去吧。不，今天我们去吃素媛最喜欢的冰激凌。”

说好要镇定，素媛妈妈却开始先哽咽起来。这是她第一次让素媛看到自己的泪水。本来一直以来都做得很好，以为最困难的境地都克服了，但结果却这样轻易地失败了。她流泪的原因很简单：挫败，就是挫败。因为想要让素媛融入其他孩子当中的希望无情地被打破了。她眼睁睁地目睹了这一现实。就算她接受了，素媛爸爸接受了，但别人不愿意接受他们一家人。现实不允许他们过上平凡的生活，她深刻地感受到自己被孤立。这种比冷漠更残忍的现实让她感到挫败。显然大家并不理会他们一家人的所谓希望。她跪在素媛面前，睁大双眼。她不能眨眼，只要一眨眼，泪水就会淌下来。

“素媛……妈妈今天不想让素媛上学，妈妈自己一个人太无聊了，素媛今天能不能陪妈妈？”

一句话说完，泪水还是不受控地顺着素媛妈妈的脸庞流了下来。忍了又忍，既没有眨眼，也没有掉转视线，随着那句无奈的谎言眼泪还是溢出了眼眶。尽管不想被素媛看到，但她的视线仿佛就定格在了素媛身上。她试着张了张嘴，似乎想要说些什么来解释弥补，可最后却什么也没有说，只是强忍着不要让更多的泪水流下来。

正在她不知所措的时候，素媛慢慢地伸出了手。小小的、暖暖的手抚上了她的眼角。虽然泪水还在流，但她的嘴角翘了起来。她的眼泪与素媛的小手彼此交流。她用很小很小的声音说着：

“终于，终于克服了……”

声音小到只有她一个人能够听到。

“不要哭，妈妈。”

素媛用自己小小的手掌帮妈妈擦拭着泪水。这不是感慨的时候，依旧要必须马上离开。素媛妈妈勉强开口,咬紧牙关忍住哽咽的声音。

“素媛，我们先出去。去吃冰激凌。”

“不行。我和哆啦 A 梦约好了。”

“不，没事。我们现在出去，去看哆啦 A 梦好不好？”

素媛笑着不发一言，只是用手继续给妈妈擦着眼泪。这是与之前完全不一样的素媛。她闭上双眼，想要感受这一瞬间，记住这一瞬间。如果不能永远记住，那就刻在心里。但美好的时间没有持续多久，一位家长打开教室的门来到走廊：

“噢？已经来了呢？大家来看！素媛和素媛妈妈来了。”

这位略胖的学生家长用尖锐的声音喊着。素媛妈妈开始焦急起来，她想要保护素媛，便以最快的速度抱住了素媛。

学生家长们好像等了很久似的，从教室的前门后门涌了出来。

“是素媛妈妈。我们能谈谈吧。”

一位家长代表走到素媛妈妈面前。似乎是感知到了危险，素媛也紧紧地回抱住了妈妈。

“您要……说什么……”

非常低沉的声音，听不出一点自信。她就像胆小的孩子一样环视着周围的家长们。

“进教室再谈吧。不要妨碍其他班。”

“不能下次再谈吗？我们现在有事要走……”

素媛妈妈说着抱紧了素媛，此刻她只想要尽快离开。

“您以为我们是太闲了才会找到这里吗？”

一位家长抓住了素媛妈妈的肩膀。

“不要碰我！”

素媛妈妈紧闭着双眼大叫起来，声音在走廊里回荡。经过的孩子、准备去上课的老师都停下来注视着她。抱着素媛的素媛妈妈睁开眼怒瞪着抓住自己肩膀的那位家长。

“不要碰我，也不要碰素媛。我们会自己进去。”

被镇住的家长赶紧放下自己的手。素媛妈妈抱起素媛走进教室。虽然看起来很淡定，但是素媛仍然能够感觉到她的心紧张得跳个不停。素媛咬着自己的指甲，不安的神情令她心碎不已。她俯在素媛耳边说：

“素媛，妈妈爱你。我可爱的小公主，妈妈爱你。素媛也爱妈妈吗？”

她需要安慰素媛，同时也需要素媛给她勇气，因为她知道接下来将会受到怎样的攻击。素媛也没有丝毫的犹豫，她能够感觉到妈妈现在需要什么，也明白自己的话对妈妈具有怎样的意义：

“嗯，我爱你，妈妈。”

她亲了一下素媛的脸，抬起头却看见本来坐着的家长全部站了起来。孩子们聚在教室的一角，用惊恐的眼神看着素媛。

素媛妈妈抱着素媛走进这些像猛兽一样可怕的视线中，周遭顿时陷入死一般的沉寂。之前发现素媛妈妈的那位家长最后一个走进了教室。这时坐在素媛妈妈对面的一位家长皱着眉说道：

“为什么要把一个不正常的孩子送到学校来？难道就不害臊吗？要是我的话，绝对不会做出这种事来。”

素媛妈妈沉着地应对着：

“在孩子面前请您注意一下用词。”

然而学生家长气势汹汹地瞪着素媛妈妈：

“或者送去残疾人学校。不管是精神，还是身体全都不正常，不是吗？知道孩子们听说素媛转学过来有多害怕吗……”

素媛妈妈一下子就打断了对方的话：

“这种话你最好不要说。这是我的女儿，我的孩子，我唯一的血脉。我十月怀胎所生的孩子，不是你这种人能随便谈论的。你再敢说一次看看，再让素媛听到一次看看。我不会原谅你，绝对，不会原谅你。”

素媛妈妈的声音越来越小，但学生家长们越来越害怕。刚才义正词严的那位家长也噤了声，教室里再次安静了下来。她更加用力地抱着素媛，素媛也用力环着妈妈的脖子。她瞪着在场的家长，而家长们则纷纷回避她的视线。虽然她的眼中还含着泪水，但透露出一股母爱不可亵渎的气势。

空气变得冰冷起来，听到消息的校长和班主任急急赶来。校长快步走到教室后面，发现学生家长和素媛妈妈正聚集在那里。

“究竟发生了什么事？家长们为什么会聚在这？”

校长的声音中透露着不安。刚刚攻击过素媛妈妈的那位家长赶忙上前质问：

“接收这种孩子之前，你应该先经过我们的同意，不是吗？校长您这是在干什么啊？难道就不考虑我们孩子的安全和人性教育吗？”

“有精神科医生出具的诊断证明。所以我同意了。”

“您这是玩忽职守！精神科医生的诊断证明？那么这孩子的身体情况呢？您觉得她正常吗？她可是残疾人，而且是性方面的残疾！我们孩子会受到怎样的精神冲击，您就不管吗？”

这位家长的话让素媛妈妈皱紧了眉头。她不想表现出软弱的样子，为了忍住泪水，为了不屈服，她将所有的注意力都集中在了眼睛、嘴上。但是泪水还是无助地掉了下来，脸也扭曲了，嘴唇也跟着剧烈地颤抖。

不想回忆的、不想再记起的噩梦又被人翻了出来。素媛的身体不停地颤抖着，素媛妈妈察觉到了素媛的异样迅速地站了起来。离开这里才是最好的选择，就像为了躲避子弹而拼命奔跑的人一样。她经过校长、班主任老师来到门前，就在这时她的身体一下子僵住了，原本跳动的心也沉了下去。所有努力全部化为乌有的挫败感瞬间席卷了她，此时此刻，悲伤、怨恨、愤怒统统都消失了，因为这些根本不算什么，接下来要面对的是她更无法接受的事实。

素媛转过头看向门口的方向，然后高兴地笑了起来：

“是……哆啦A梦！”

哆啦A梦目睹了刚才发生在走廊上的一切。素媛妈妈进入教室后他就站在窗边注视着里面的情况，最后终于忍不住冲了进来。他的手上还拿着满满一大袋的冰激凌。哆啦A梦看了看素媛妈妈，紧接着便望向聚在教室后面的可怕的“猛兽们”。

“哆啦A梦来了，还买了冰激凌。”

就仿佛见到了救世主一样，素媛向哆啦A梦伸出手，想要挣脱妈妈的怀抱。她相信哆啦A梦一定能够改变现在这可怕的氛围，她是那么渴望着哆啦A梦，那么渴望着冰激凌。在她看来，只要有哆啦A梦和冰激凌在，所有人就都会笑着面对她。虽然只有八岁，但不论是从理性上，还是从现在的情况上来看，她都知道这是不可能的。可或许这是唯一的希望，她孩子般的纯真还是让她否定了残酷的理性。

素媛妈妈用力制止着素媛的行为。她很清楚素媛为什么会这样。但是没有办法，她不能让素媛连童心也幻灭。她不想让素媛知道即便是哆啦A梦和冰激凌也不能把她们带离地狱，她知道素媛会因此受到多大的伤害。如果现在让素媛挣脱了，那素媛一定会高兴地拉起哆啦A梦的手，无知地接近那些“猛兽”，并笑着跟他们说：“请您吃冰激凌。”而那些“猛兽们”一定会瞪着素媛，甚至一边咒骂一边将冰激凌扔在地上。即便如此素媛也还是会笑着面对他们，因为素媛本来就是一个爱撒娇的、善良的孩子。她坚信哆啦A梦和冰激凌能够感化这些“猛兽”。就算冰激凌被扔在地上，她也会捡起来重新递给他们。就算眼含泪水，她也会笑着亲近他们。但最终素媛还是会被他们视为罪人，只能低着头等着他们的审判。虽然乞求着他们能够放过自己，但最后的审判一定是残忍的。

只是想一想就已经恨得牙痒。纯真，无论如何也要帮孩子守住。哆啦A梦看看素媛妈妈，又看看那些“猛兽”，最后走向了素媛。似乎在犹豫什么，他总是走几步又停下来。

脚步沉重，仿佛有千斤重的东西羁绊着他。犹豫再三之后，哆啦A梦还是把装满冰激凌的口袋拿给素媛看。

“我买了冰激凌来。”

不知道他到底吸入了多少氦气，声音细得过分。

“这又是什么啊？哎，这哪儿是学校啊，分明是游乐园！”

素 媛

一位学生家长扶着头大放厥词。哆啦A梦望着她，用尖细的声音对她说道：

“素媛身体不好，但现在已经痊愈了。民昭也说素媛可以来上学，小朋友们也很喜欢素媛。”

“这算什么？难道学校是为了素媛一个人开的？有没有概念啊？校长，请你现在就让素媛转学。您看看这家人，正常吗？连孩子都保护不好的人还来这里放肆！我会提出正式的联名抗议书。我们绝对不能接受素媛！绝对不能！”

家长们开始议论纷纷，声音越来越大。哆啦A梦站在那里，手足无措地左看看右看看。

“现在不是送孩子上学的时候。”

“这是为孩子考虑吗？真是残忍。”

“正是因为这样虐待孩子，孩子才会变成这样。”

“残疾不是明摆着的吗？怎么能让孩子来上学呢？”

“我们也要保护自己的孩子啊。”

“大伙，我们一起抗议吧。”

在家长们正讨论得激烈的时候，哆啦A梦小声地自言自语着：

“为什么不行？我们素媛为什么不行？”

由于教室里太过嘈杂，所以只有少数的几个人听到了他的声音。其中一位家长义正词严地回答道：

“就因为她和我们的孩子不同。”

她边说还边瞪着哆啦A梦，这也是母性的表现，但显然与素媛妈妈不同。本来乱作一团的家长们安静下来，看着对峙的两人。哆啦A梦的声音依然尖细，但藏不住其中的真挚和急迫：

“我们素媛究竟做错了什么？我们究竟做了什么对不起你们的事情？我还有素媛妈妈做了什么对不起你们的事情吗？我们素媛做了什么对不起你们孩子的事情吗？”

“经历了那样的事本身就对不起我们，你不知道吗？”

与哆啦A梦对峙的家长居然说出了这样不像话的话。素媛妈妈望着哆啦A梦，她依旧在哭，但哭的原因却不同。这次是感动的泪水，因为素媛爸爸终于克服了智能上的障碍。虽然声音还是那么尖细，但语气已经像个大人。她能够感受到面具里面，哆啦A梦作为家长的坚韧。哆啦A梦看着她，用眼神告诉她不用担心。他重新看向家长们：

“孩子经历了这些，对，没错，孩子因此受到了伤害，因为我们的不注意受到了伤害，这是事实。但是，没有任何改变。我们依旧还会一起吃饭、一起旅行、一起看电视、一起欢笑。只不过，还需要一段时间。你们现在理所当然享受的一切，我们也最终会做到，什么都不会改变。你们还不明白吗？作为家长也不明白吗？当然我能理解你们对孩子的担心。但是真正对素媛有偏见的是谁呢？是孩子们吗？孩子们可是很喜欢素媛的。恐怕戴着有色眼镜的另有其人吧？孩子们其实并不知道素媛究竟受了什么伤害。知道吗？将这一切告诉给孩子的正是你们。是你们教给孩子偏见。现在我们……”

说着说着哆啦A梦停了下来，因为他的声音变了回来。他急忙去拿刚才放在走廊的氦气气球。经过素媛妈妈的时候，素媛一下子抓住了他。哆啦A梦回头看向素媛，素媛哭着用颤抖的声音哀求道：

“爸爸，我们回家吧。”

所有人都沉默了。素媛抓着哆啦A梦的手央求：

“爸爸，我们回家吧。”

素媛爸爸开始结巴起来，声音已经完全恢复了原来的样子。

“你说……什么？”

“爸爸，我们回家吧。”

“嗯？你再说……一遍。”

“爸爸，我们快点回家吧。”

哆啦A梦慢慢摘下了面具。他的脸已经全部湿透了，不只是汗水还是泪水。

“爸爸，可以……回家吗？”

素媛点了点头。所有人都像看到了奇迹一样。

“哈哈。真的……爸爸可以回家吗？爸爸可以和素媛一起回家？”

素媛笑着重重地点了一下头。

“爸爸，我们回家吧。比起哆啦A梦，我更喜欢爸爸。”

素媛爸爸张开双臂，紧紧环住了素媛和素媛妈妈。

“呵呵，不知道等了多久了。不知道等这句话等了多久了。不知道等了多久……等着素媛重新叫爸爸。呵呵，谢谢，真的谢谢你。素媛，爸爸……爸爸……爸爸……谢谢你。爸爸答应你，不会忘记自己的称谓。虽然这是世界上最常见的一个称谓，但我绝对不会忘记。我是爸爸，是素媛的爸爸，是大家眼中的素媛爸爸。我太骄傲了，我为自己是素媛的爸爸，感到骄傲。”

此时此刻，世界一片寂静。所有的误解、委屈、愤怒都变得不再重要。素媛爸爸抚摸着素媛的脸，强忍着哽咽的声音：

“好，我们回家，一起回家吃饭、看《怪物史莱克》、去旅行。和爸爸……和爸爸……一起回家……一起回我们的家。”

本来驱赶着这一家人的家长们也湿了眼眶。这是一种神圣的、无法形容的感动。回家……究竟等了多久！回家……就这一句话，不知道有多令人想念！

我们一起回家，坐着同一辆车回家。素媛爸爸和素媛妈妈，还有素媛一起回家。我们不停地笑着、哭着。这一瞬间我们不知道等待了多久？又期盼了多久？

怎么能忘记？

怎么能抹去？

怎么能放弃？

这一家人在一起的幸福……

不会遗弃。

不会放任。

不会失去。

这一家人在一起的幸福……

家人，所有人都认为理所当然的这个词语。

但无论如何我还是不能将其视为理所当然。

第十章 · 素媛爸爸

“活着……活着，不论遇到什么事情都要活着。如果我现在死了，就连重新看一眼素媛和素媛妈妈都几乎不可能了。一定要活着，因为我是素媛爸爸，是一家之主。”

喝得酩酊大醉的我决定抛掉一切。如果死亡能够带来安宁的话……我被这样的想法支配着，没有丝毫犹豫地奔向公路。那种想要解脱的急切让我忘记了犹豫，只想着寻求安宁。尽管这样的选择让我产生了无穷无尽的负罪感。当我碰撞到什么东西的时候，莫大的悔意向我袭来。与之前不同，我居然重新产生了活下去的勇气。

"活着……活着。不论遇到什么事情都要活着。如果我现在死了，就连重新看一眼素媛和素媛妈妈都几乎不可能了。一定要活着，因为我是素媛爸爸，是一家之主。"

我想起了电影《闻香识女人》。被抬上救护车后，电影的片段就像走马灯一样在我的脑海里播放。

似诗人又似哲学家的失明退休军官，有着无法用语言形容的魅力。他遇到一位学生，并与这位学生一起开始了旅行。然而，作为向导的学生在军官身上发现了秘密。学生既会因他的出众舞技而着迷，也会因他卓越的驾驶能力而感叹。但这样的他却选择了自杀，因为他厌倦了失明后黑暗的生活，他害怕自己的感性会干涸。就在他拿起枪准备自杀的时候，学生阻止了他。千钧一发之际，两个人的对话让我久久难以忘怀。

“你还有自己的人生，不是吗？”

“人生？什么人生？我有的只有黑暗而已！”

“你有两个活下去的理由：第一，我没有见过跳探戈跳得如此之好的人；第二，我没见过驾驶赛车驾驶得如此游刃有余的人。”

如果让我说出两个自己必须活下去的理由，我当场就能说出来。就算是过路的行人，如果我说我要去死，他们也能够毫不犹豫地说出两个我必须活下去的理由。

“这个世界上最爱素媛妈妈的、最爱素媛的只有你！”

我为什么会做出这样傻的决定呢？

救护员一边用手挡着我出血的地方，一边催促着驾驶员。在大家都焦急万分的时候，只有我还这么有闲情地想着电影的情节。

他与学生在旅行途中感受到了很多东西，也因此变得更加亲近。

在学生要重返校园的时候，他以父亲的身份，与向学生提出不正当要求的校长展开了一场激烈的较量。最后他与学生在大家的掌声中赢得了胜利。故事的结尾，学生将他送回了家，看到他与侄子们愉快地谈笑，才放心地转身离开了。

《闻香识女人》让我在一瞬间觉醒。

"遇到危机的时候，有人会逃避，而有人则会留下来。"当时我为什么会选择逃避呢？电影中的另一句台词讲出了我的想法：

"我现在正站在人生的十字路口。之前的我一直走在正确的路上，但是我放弃了那条路，因为那条路太艰难了。"

是的，太艰难了。无以计数的难关正等待着我，而答案依旧在电影中。

"探戈虽然美。但是只要稍有失误，舞步就会打乱……这就是探戈。"

打乱的人生，盘根错节的人生，这便是我们家庭的未来。但是现在我却满怀希望——难道我们就不能像探戈一样愉快地生活吗？真想马上坐起来，但是……身体不受我的支配。

不知道睡了多久？当我睁开眼睛的时候，素媛妈妈正守在我的身边。她对我说完我爱你，就沉睡了过去。我抚摸着素媛妈妈的头发想着我们的将来。我要把打乱的探戈继续跳下去，愉快地跳下去，让素媛、让素媛妈妈都为我倾倒。

我这样催眠自己。但是在素媛妈妈找到我之前，我已经变成一个八岁的孩子。不需要过多的医学解释，显然大脑自己选择了像探戈一样自由的方式。就连记忆也被删除了，任何能够绊住脚步的都删除得干干净净。虽然这是危险的选择，但我相信我能够恢复如初。因为探戈是没有终结的舞蹈。只要有音乐，就能够一直继续下去。只要我沉浸在音乐里，继续吸引对方便可以，吸引这世界上最美丽的素媛。

我的意志让我去了解素媛。现在素媛需要的不是爸爸，而是一个能够理解自己的、能够依靠的朋友。所以我决定用孩子的样子去接近素媛，当然素媛妈妈也给我提供了一个绝好的点子。素媛妈妈和我一起配合，跳出了一曲激烈的探戈，不受任何人干扰的探戈。

为了我们的女儿。

当我化身为哆啦A梦开始写信的时候我是寂寞的，真想马上就跑到孩子身边告诉他我就是爸爸。没想到日常生活中的点点滴滴居然是这么难能可贵。

音乐接近尾声，我的身体也已经疲惫不堪。虽然双腿还在迈着舞步，但力气已经快要用尽。

素媛去上学的那一天，我清晰地感觉到音乐即将结束，意识也恢复了过来。但是我听到的不是喝彩，而是人们的揶揄。节奏一点点地消失了，我产生了一种“啊！现在都结束了！”的挫败感。

大概是因为逆转的剧情才是最精彩的，音乐终了，舞步停止，我没有听到众人的掌声，却听到了素媛的喝彩。素媛……她在看我。在众人的指责中，素媛望着我。

我意识到，在音乐开始的时候，素媛已经被我吸引。她读的不是哆啦A梦的信，而是爸爸的信。

从一开始，她就知道是爸爸，不是什么哆啦A梦。跳着探戈的我变身为了素媛的白马王子。

尽管在嘈杂的会场中素媛暂时移开了视线。但当音乐响起的时候，当我跳起探戈的时候，素媛的视线又重新投向了我。

音乐停止，素媛对我说：

“爸爸我们回家吧。”

探戈结束了，我们一家人终于又可以回家了。

第十一章 · 插上希望的翅膀

素媛逐渐恢复正常用了两年的时间。既要摘掉排便袋，又要融入到其他孩子之中，这段时间是必须要承受的。但是，他们仍然是相亲相爱的一家人。

素媛一家人的早晨

“素媛，吃饭。素媛爸爸，吃饭了。”

“妈妈，我要晚了。”

“没事，今天爸爸开车去送你，慢点吃。素媛妈妈，快点一起吃饭了。”

“是啊，慢点吃。”

“妈妈，饭太多了。”

“多嚼一嚼再咽。素媛爸爸也是，素媛也是，妈妈也是。”

素媛一家人的中午

“爸爸！你什么时候回来？我放学了。”

“爸爸今天会早点回去的。”

“那要给我买冰激凌哦。啊！还有妈妈让你买一瓶大人喝的饮料回来。那是什么啊？”

“哈哈。素媛长大了就会知道了。告诉妈妈我知道了。我爱你，素媛。”

“嗯，快点回来哦。”

素媛一家人的晚上

“今天晚饭好丰盛啊！快吃吧。你的手艺真是越来越好了。”

“暂时禁止去外面吃，知道吗？看你耍赖的。”

“哈哈。素媛也快吃。”

“爸爸，幸福是什么？”

“幸福？嗯……幸福啊，就是素媛问爸爸什么时候回来的时候，叫爸爸买冰激凌回来的时候。这就是幸福。”

“为什么？那么妈妈，你说幸福是什么？”

“幸福啊，就是素媛问爸爸去哪儿了的时候，问爸爸什么时候回来的时候。那就是幸福。”

“嗯？”

“我们一家人团聚的时候就是爸爸妈妈最幸福的时候。”

“啊哈！我也是。”

素媛一家人的深夜

“素媛爸爸，喝了这么多没事吧？”

“素媛睡了，没关系，我高兴。”

“今天不知道怎么的我也喝了这么多。”

“素媛妈妈，今天我要叫你有真，朴有真。”

“今天我也不想叫你素媛爸爸，我想叫金石汉。”

“突然我又不想叫了，我想叫你亲爱的。从前我不就是这么叫你的嘛。”

“那我要叫你小气鬼，就像以前一样。”

“哈哈。亲爱的，我是小气鬼吗？”

“知道还问？小气鬼！”

“我爱你，有真，我的亲爱的。”

“我也爱你，小气鬼金石汉先生。”

素媛逐渐恢复正常用了 2 年的时间。既要摘掉排便袋，又要融入到其他孩子之中，这段时间是必须要承受的。已经 10 岁的素媛还在上一年级。但是，他们仍然是相亲相爱的一家人。

仍然是素媛妈妈、素媛爸爸和可爱的素媛。

要说有什么与众不同，那就是他们在通往幸福的路上稍微绕了一个弯，幸运的是最终他们还是走回来了。而当下的什么也没有变。

什么是幸福?

那就是一家人能够围坐在一起吃饭。

能够在同一时间一起进入梦乡。

早晨睁开眼便能够见到彼此。

能够一起看电视，一起生活在同一个空间。

还有，

就是互相告诉对方我爱你。

不论何时都在一起。

幸福其实就在我们身边。

作者的话

这部作品特别难以下笔。即便已经构思好框架，写作的过程也十分艰难。因为我一直在怀疑,自己是否能够将绝望和伤害化为希望。虽然这无疑是一个很好的自我评价的机会，但我依然感到畏惧。

如果您看了这部作品，一定会看到很多断断续续的部分，就像大家都认得素媛爸爸、大家也都认得素媛的那部分。在我看来，儿童的痛苦我们大家都有义务去了解。而且从赵斗淳事件中我们可以认识到，对受害者来说，我们有时是药，但有时也是毒。

我们都是知道的。即便不写,大家也都或多或少知道事件的始末。所以我想我根本不用去解释大家为什么会认识素媛爸爸、素媛妈妈，因为大家都彼此心照不宣。我们或通过他人或通过其他媒体了解到这些事件。可这究竟让我们领悟到了什么呢？或者真的有所领悟吗？

素媛

在读到被害者和家人的故事时我们是不是有一种习以为常的感觉。如果习以为常的话，那么是不是也应该习以为常地去同情他们？如果将他们的苦难视为习以为常的话，那我们是不是也应该习以为常地伸出援手呢？

在人生这个漫长的旅程中，我们总是不可避免地会碰到很多难关。我是，相信大家也是。在书中我引用了很多电影中的经典台词。首先，我想把这些曾经给予我力量的台词分享给大家；其次，我想让大家知道我们其实有很多彼此相通的地方。

极端个人主义的、内心的文字只能够给特定的少数人带来希望。但是通过这部作品，我想要让所有人都能感受到希望，我觉得从某种程度上我做到了这一点。

那种迫切地想要给绝望中的人们带去希望的心情，在这个凌晨，又是那么强烈。

下午 1 点 15 分，我见到了娜英的父亲。在创作的过程中，他给了我很多帮助。与娜英父亲的对话总是那么悲伤。泪水模糊了双眼，心痛麻痹了思维。我想要握住他的手，我想要抱住他。但是……我没有那样的资格。

我曾和娜英父亲一起陪同娜英去接受治疗。“你是谁？”娜英问我。我笑着说：“我是写小说的叔叔。”

真不知道为什么我会有那么多的眼泪。为什么会有那么深的负罪感。

作为一个成年人，眼睁睁地看着犯罪分子受到那么轻的刑罚我却无能为力，我为此感到羞愧。

我和娜英一起并肩向前走。突然娜英拍了一下我的手臂。

“叔叔，你吃了什么，为什么会长那么高？”

我咬住嘴唇。我害怕走廊上的人看到我的眼睛。我偏过头不看娜英。

“我吃了很多东西。你也要胖一点才行，多吃点东西知道吗？”

我们一起来到了接受心理治疗的地方。我正和娜英父亲在外面聊天，心理治疗师突然叫娜英父亲过去，而接受完治疗的娜英出来后就坐在我身边。

那么纤细的手，真想握住她，真想抱着娜英告诉她“我会保护你”。

很后悔当时没有多取一点钱出来。我带着娜英来到饭店。这期间娜英总是说我个子高，好像很神奇似的。握住娜英的手需要比握住爱人的手更需要勇气，最终我也没能握住那双手。

真有种说不出的烦闷。

想起那骇人听闻的残忍，我就想把那个家伙撕碎丢给野兽。

天使，娜英比天使更美更可爱。怎么能够对这么可爱的孩子做出那种残忍的事情？

进了饭店，我跟娜英说：

“想吃什么就点什么。”

“乌冬面。”

“除了乌冬面就没有其他的了吗？”

“嗯。”

“可是叔叔饿了，我要点炸猪排、牛排、鱼排。啊！还有五花肉盖饭。”

“叔叔你是猪吗？”

“哈哈，对！叔叔就是猪。哼哼（猪叫的声音）。”

我们开心地聊着天。娜英不好意思地问我：

“叔叔……你的电话号码是多少？”

“嗯？”

“告诉我你的电话号码。”

谢谢！谢谢！简直想要跪地拜谢。我又哽咽起来。强忍下泪水，我将电话号码告诉了娜英。

娜英保存好号码后，就给我发了一条短信，是一个俏皮的表情。我笑着回短信：花生，你的脸就像十五的月亮一样圆！

我们看着彼此大笑起来。花生是我给娜英起的外号，而娜英则叫我长腿叔叔。一开始我没有问娜英的名字，我没有权利和资格知道孩子的名字。所以我决定叫她“花生”。

对不起，对不起，花生……

对不起没能保护你。花生……从现在起我一定不会让任何人伤害到你。

娜英的父亲殷切地希望不会再有其他孩子像娜英一样受到伤害，所以他不辞辛苦地做出了很多努力。面对媒体的冷嘲热讽，他依然执着地主张对暴力行为的严厉制裁。

大家，不要忘记。就像娜英父亲最后所说的那句话：

“不能忘记。我们要战胜它。”

FONGHONG
凤凰联动出品